THE
BIG GAME

Urheberrecht © 2024 von Emily Silver

Travelin' Hoosier Books

9720 Castle Woods Cove, Carmel, IN, USA 46280

Übersetzt von Sarah Schmidt for Literary Queens

Alle Rechte vorbehalten.

Kein Teil dieses Buches darf in irgendeiner Form oder mit elektronischen oder mechanischen Mitteln reproduziert werden, einschließlich Informationsspeicherung und -abrufsystemen, ohne schriftliche Genehmigung der Autorin, außer für die Verwendung kurzer Zitate in einer Buchrezension.

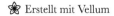 Erstellt mit Vellum

THE BIG GAME

Finale für die Liebe

Denver Mountain Lions

EMILY SILVER

Übersetzt von
SARAH SCHMIDT

Übersetzt von
LITERARY QUEENS

Kapitel Eins

JACKSON

»Du machst das falsch!«, höre ich eine weinerliche Stimme.

»Wie ist es denn richtig?«

»Erst kommt grün und dann blau«, schimpft Noah. »So sieht meine Raumstation viel cooler aus.«

Ich lächle. »Tut mir leid, Kumpel.«

Er kommt auf dem Boden zu mir gerutscht und lässt sich auf meinen Schoß fallen. »Ist schon okay, Daddy. Du kannst ja nicht alles wissen.«

Ich lache laut auf. »Na, da bin ich ja froh, dass ich dich habe, der mir alles beibringt.« Ich drücke ihm einen Kuss auf den Scheitel.

»Musst du heute Abend wirklich gehen?«

Du brichst mir das verdammte Herz, Kleiner.

»Ja, das muss ich. Aber ansonsten werden alle hier sein, du wirst mich also gar nicht vermissen.«

»Bringen mir Oma und Opa ein neues Spielzeug mit?«

Ich lächle. »Das werden sie ganz bestimmt.«

»Vielleicht neue Bauklötze«, überlegt er und wendet sich wieder seinem Projekt zu.

»Weißt du noch, worüber wir gesprochen haben, Kumpel?«

Noah nickt mir zu. »Sei schön artig und hör auf Mommy.«

»Ganz genau. Und in ein paar Tagen ist Daddy dann schon wieder zu Hause und wir können spielen, was immer du willst.«

Noah schiebt seine kleine Unterlippe vor. »Ich werde dich vermissen.«

Ich ziehe ihn in meine Arme. Er riecht nach Kreide und Erde vom Draußenspielen. »Ich werde dich noch viel mehr vermissen.«

Ein Schlurfen aus dem Flur lässt mich aufstehen. Tenley kommt in die Küche gewatschelt und sie scheint sich noch unwohler in ihrer Haut zu fühlen als sonst schon. Doch als sie Noah und mich sieht, beginnen ihre Augen zu strahlen.

»Spiel mal kurz ein bisschen allein, Kumpel, ja? Ich muss mit Mom reden.«

Er gibt mir noch einen Schmatzer auf die Wange, bevor er wieder zu seinem Haufen Bauklötze rennt.

»Wie lief der Termin beim Arzt?«

Tenley wischt sich eine Träne aus dem Augenwinkel. »Unser kleines Mädchen fühlt sich rundum wohl hier drin. Sieht so aus, als würde sie in nächster Zeit noch nicht rauskommen wollen.«

Ich atme erleichtert auf. »Gott sei Dank.« Es hat mir gar nicht gepasst, dass ich Tenley heute nicht mit zum Arzt begleiten konnte, weil der Babysitter krank geworden ist und die Großeltern nicht in der Nähe wohnen. Aber unser energiegeladenes Vorschulkind wäre auf gar keinen Fall ruhig sitzen geblieben, wenn wir mitgegangen wären. »Keine Chance also, dass das Baby dieses Wochenende kommt?«

Tenley schüttelt den Kopf. »Nein. Das Einzige, worüber du dir Gedanken machen musst, ist, das Spiel zu gewinnen.«

Ich klopfe sofort auf die nächstgelegene Fläche. »Verschrei es nicht!«

»Das bringt Unglück, Mommy!«, ruft ihr Noah aus dem Wohnzimmer zu.

»Siehst du?« Ich nicke mit dem Kopf in seine Richtung. »Selbst ein Fünfjähriger weiß, dass man so etwas nicht sagt!«

Tenley verschränkt die Arme und stützt sie auf ihrem Babybauch ab. Beim ersten Mal mit Noah hatten wir großes Glück. Bis Tenley ein zweites Mal schwanger wurde, hat es viel länger gedauert und auch ein wenig Hilfe erfordert. Und ich bin voll aus dem Häuschen, dass es nun ein Mädchen wird.

»Na schön. Dann geh einfach hin, trainiere und mach ein gutes Spiel. Zufrieden?«

Ich sehe, dass sie versucht, ein Lächeln zu unterdrücken, und streichle mit meinen Händen über ihren Bauch. »Ich werde noch zufriedener sein, wenn wir die Kleine hier endlich kennenlernen.«

Sie legt ihre warmen Hände auf meine. »Ich kann es kaum erwarten, dass sie endlich da ist.«

»Nur noch ein paar Wochen.« Ich gebe ihr einen sanften Kuss. »Wann kommen denn alle?«

Tenley schiebt sich an mir vorbei und setzt sich auf das übergroße Sofa im Wohnzimmer. Es beruhigt mich ungemein, zu wissen, dass Tenley und Noah nicht allein sein werden, während ich weg bin. »Deine Eltern kommen morgen. Pennys Flieger landet um«, sie hält kurz inne und denkt nach, »keine Ahnung wann. Durch die Zeitverschiebung in Vietnam weiß ich es wirklich nicht. Und meine

Eltern werden am Donnerstag von ihrer Reise zurückkommen.«

»Ich bin so erleichtert, dass der Arzt gesagt hat, dass alles in Ordnung ist. Ich hasse es, nicht hier sein zu können.« Ich lasse mich neben sie fallen und ziehe sie an meine Seite.

»Wir schaffen das schon, nicht wahr, Noah?«

Besagter Junge rennt auf mich zu und springt auf meinen Schoß. »Mommy hat gesagt, wir machen uns mal einen ganz tollen Abend, wo ich mir einen Film zum Anschauen raussuchen darf und sie mir drei Bücher vor dem Schlafengehen vorliest«, erzählt er und hält drei kleine Fingerchen hoch.

»Du hast wirklich die beste Mom auf der ganzen Welt, Kleiner.«

»Die besteste!« Er windet sich aus meinen Armen und wendet sich wieder seinen Bauklötzen zu. Der Kleine ist ganz vernarrt darauf.

»Dem kann ich nur zustimmen.« Ich drücke Tenley fester an mich.

»Wird das dieses Jahr der Spruch auf meiner Muttertagstasse werden?«

»Mir fallen noch ein paar andere Dinge ein, worin du die Beste bist, die ich auch mit auf diese Tasse schreiben könnte«, flüstere ich ihr ins Ohr.

»O Mann. Quäl mich doch nicht mit all den Dingen, die du mit mir anstellen möchtest, wenn ich gerade absolut nichts davon machen kann.«

»Bis es wieder so weit ist, werde ich dir zur Seite stehen, wann immer du mich brauchst.«

Tenley umklammert meinen Nacken und zieht mich näher zu sich. »Ich weiß nicht, was ich ohne dich tun würde.«

»Darüber würde ich nicht einmal nachdenken wollen.« Ich beuge mich vor und gebe ihr einen langen Kuss.

»Iiihh! Hört auf, euch zu küssen«, quengelt Noah.

Es ist verrückt, wenn man sich überlegt, dass ich all das hier – von mir angeekelte Kinder und so – verpasst hätte, wenn der Coach mir vor all diesen Jahren nicht dabei geholfen hätte, meinen Arsch wieder hochzubekommen.

Wir sind ein Spiel davon entfernt, den Ring zu gewinnen. Davon, an der Spitze der NFL zu stehen. Unser Traum ist zum Greifen nah. Ich wünsche mir nichts sehnlicher, als diesen Pokal mit nach Hause zu bringen.

Aber ich weiß, dass es auch okay sein wird, wenn wir es nicht schaffen. Und zwar wegen der Frau, die hier gerade neben mir sitzt. Und wegen dieses kleinen Jungen, der mir das Herz gestohlen hat, als er vor all den Jahren mit lautem Gebrüll auf die Welt gekommen ist. Und wegen der neuen Kleinen, die bald hier sein wird.

Denn diese Menschen sind es, die am meisten zählen.

Nicht irgendein Pokal.

Aber …

Ich würde dieses Ding schon echt gern nach Hause bringen.

Kapitel Zwei

CARTER

»Angie! Wir müssen los zur Schule. Bist du bald fertig?«

»Ich komme, Papa!«, ruft eine zierliche Stimme von oben. »Können wir Daddy noch mal anrufen?«

Das stampfende Geräusch von Stiefeln lenkt meine Aufmerksamkeit von den Nachrichten im Fernsehen ab. Auch wenn ich mir die Berichterstattung über die Mountain Lions nicht ansehen sollte, kann ich einfach nicht anders. Alle möglichen Statistiken – die guten wie auch die schlechten –, wie es für das Team ausgehen könnte, schwirren mir durch den Kopf.

»Daddy hat heute Morgen Training, das könnte also schwierig werden«, erkläre ich und leere den letzten Rest meines Kaffees.

»Aber ich muss ihm mein Outfit zeigen!«

Angie kommt um die Ecke gelaufen und ich sehe nur bunt. Regenbogenfarbene Leggings, ein rosa Tutu und ein Trikot der Mountain Lions mit der Nummer achtzehn. Es ist Spirit Day in der Schule, also durfte sie sich ihr Outfit selbst aussuchen.

Ich versuche nicht einmal, mir das Lächeln zu verkneifen. Dieses Mädchen hat schon immer nach ihrer eigenen Pfeife getanzt. »Aber wir müssen uns beeilen, okay?«, erkläre ich, während ich ihr mein Handy gebe.

»Na klar.« Sie sucht schnell die Nummer von Alex heraus, während ich neben ihr stehe und darauf warte, dass der FaceTime-Anruf aufgebaut wird.

»Hey, wer ruft mich denn da so früh an?« Alex' müde Stimme ist zu hören, noch bevor wir sein Gesicht sehen.

»Wir sind's, Daddy!«, begrüßt ihn Angie aufgeregt.

»Meine zwei Lieblingsmenschen.« Alex lächelt uns strahlend an. »Solltest du nicht in der Schule sein?«

»Ich musste dir noch mein Outfit zeigen.« Angie steht auf und dreht sich vor ihm, damit er es betrachten kann. »Gefällt es dir?«

»Ich *liebe* es. Sehr farbenfroh.«

»Unsere Lehrerin hat gesagt, weil heute Spirit Day ist, dürfen wir anziehen, was wir wollen. Aber wir müssen die Mountain Lions unterstützen.«

»Eine kluge Lehrerin.«

»Sie ist sehr klug, Daddy. Werde ich dich vor dem Spiel noch sehen?«

Alex schüttelt den Kopf. »Erst nach dem Spiel. Du und ich werden einen ganz besonderen Tag miteinander verbringen und alles machen, worauf du Lust hast. Wie hört sich das an?«

»Können wir auch Eis essen?«

»Alles, was du willst.«

»Juhu! Papa, hast du das gehört?«

Ich nicke. »Ja, habe ich. Jetzt müssen wir aber los. Zieh deinen Mantel an und lass mich schnell noch mal mit Daddy reden.«

»Ich hab dich lieb! Du musst unbedingt gewinnen!« Angie wirft ihm einen Kuss zu und ist verschwunden.

»Ich hab dich auch lieb.« Alex legt sich wieder hin. »Ich möchte gar nicht dran denken, wie enttäuscht sie sein wird, wenn wir verlieren.«

»Sag so was doch nicht. Du würdest schon drüber hinwegkommen. Aber Angie? Eher weniger.«

Alex lacht und hält die Kamera näher an sich heran. »Ich vermisse euch zwei.«

»Ich weiß. Nur noch ein paar Tage, dann bist du wieder zu Hause. Hast du ein gutes Gefühl?«

»Ja. Ich bin den First Drive schon so oft durchgegangen, dass ich ihn selbst im Schlaf könnte. Hoffentlich haben wir die Zuschauer auf unserer Seite.«

Es ist eines der seltenen Male, dass ein Super Bowl im Stadion der Heimmannschaft ausgetragen wird. Die Tickets kosten über fünftausend Dollar. Ich habe keine Ahnung, wer so viel Geld für Tickets ausgeben kann, also wird es spannend zu sehen, aus welchen Personen sich die Zuschauermenge zusammensetzen wird.

»Wir werden dich auf jeden Fall anfeuern.«

»Ich bin mir sicher, dass ich euch von der Seitenlinie aus hören werde.«

Ich zeige mit dem Finger auf ihn. »Zweifle nicht an uns. Dieses Mädchen ist mit einer kräftigen Lunge ausgestattet.«

Ein Piepen auf Alex' Handy lässt ihn die Stirn runzeln. »Ich muss jetzt runter zum Spielermeeting. Wir sehen uns dann am Sonntag?«

Ich nicke. »Ich weiß, dass du es nicht brauchen wirst, aber: viel Glück.«

Alex öffnet seinen Mund, um etwas zu sagen, schließt ihn aber gleich wieder. Die Nervosität scheint ihn kurz zu übermannen, denn er spricht das schlimmste aller Szenarios aus. »Was passiert, wenn wir nicht gewinnen?«

»Dann kommst du nach Hause zu Angie und mir, wir machen Urlaub wie beim letzten Mal und alles wird gut.«

Das bringt Alex zum Lächeln. »Und wenn wir gewinnen?«

Ich erwidere sein Lächeln. »Dann kommst du nach Hause zu Angie und mir, wir machen Urlaub und feiern.«

»Das hört sich verdammt gut an.«

»Ich weiß. Und jetzt spiel das Spiel deines Lebens. Ich liebe dich.«

»Ich liebe dich auch.« Alex beendet das Gespräch und ich atme nervös aus.

Ich weiß nicht, wer gerade nervöser ist. Doch ich habe keine Zeit, darüber nachzudenken, da eine Nummer auf meinem Handy aufleuchtet, von der ich nicht gedacht hätte, dass ich sie so schnell wiedersehen würde.

»Chelsea, Hi. Das ist ja eine Überraschung.«

Angie kommt zurück ins Wohnzimmer gerannt. Ihr Mantel ist vollkommen wahllos zugeknöpft und ihren Rucksack, der fast so groß ist wie sie selbst, hat sie sich bereits aufgesetzt. »Fertig, Papa!«

Ich schnappe mir meine Schlüssel und gehe mit ihr zur Tür hinaus.

»Tut mir leid, dass ich in dieser aufregenden Woche anrufe, aber ich dachte, du würdest es wissen wollen.«

Ich atme die kalte Bergluft ein, als ich Angie die Autotür öffne. »Ist alles in Ordnung?«

»Es war ein falscher Negativbefund.«

»Was?« Bei diesen Worten unserer Leihmutter fällt mir fast das Handy aus der Hand.

»Ich weiß nicht, wie das passieren konnte. Ich habe mich diese Woche immer noch nicht gut gefühlt, also bin ich zum Arzt gegangen. Und dort haben sie es bestätigt. Ich bin schwanger.«

»Heilige Scheiße!«

»Papa …«, kommen Angies Worte vom Rücksitz.

Ich halte meine Hand vor das Handy und flüstere »Tut mir leid, Süße«, bevor ich sie anschnalle und die Tür schließe. »Ist das dein Ernst, Chelsea?«

»Ich kann dir alles schicken, was ich vom Arzt bekommen habe, aber wie es scheint, wird dieses Baby wohl viel früher kommen, als ihr gedacht habt.«

»Das ist ja unglaublich. Wie geht es dir?« Ich bin vollkommen fassungslos.

»Hauptsächlich Morgenübelkeit, aber sonst geht es mir gut. Wollen wir uns nächste Woche zum Abendessen treffen?«

Zusätzlich zu allem, was an diesem Wochenende passieren wird, bekommen wir heute schon die beste Nachricht, die wir hätten bekommen können. »Na klar. Lass uns gern etwas ausmachen.«

Wir reden noch kurz weiter, bevor ich schließlich auflege. Mir schießen die Tränen in die Augen, als ich ins Auto steige.

»Alles in Ordnung, Papa?«

»Mehr als in Ordnung.«

Denn ganz egal, was an diesem Wochenende passieren wird: Unser Leben ist gerade unendlich wundervoller geworden. Ein Sieg wäre da jetzt nur noch das Tüpfelchen auf dem i.

Kapitel Drei

PEYTON

»Colin. Achte auf die Defense. Sieh dir an, was dieser Typ macht, wenn er denkt, er könnte sich den Receiver schnappen. Zieh nach rechts, um ihn zu überlisten.«

»Rocky. Wir haben uns das schon fünfzehn Mal angesehen. Man kann sich auch zu viel vorbereiten«, murmelt Colin an meiner Schulter.

Wir haben schon die ganze Woche im Teamhotel übernachtet. Obwohl das Spiel in Denver ausgetragen wird, sind wir schon seit Dienstag hier.

Jedes Team bleibt während des Super Bowls zusammen. Mit dem Training und den Media Days ist es einfacher, den Lärm um sich herum auszublenden, wenn man mit all den anderen zusammen ist.

Und das bedeutet, dass ich mich so oft wie möglich in Colins Zimmer schleiche.

»Tut mir leid. Aber wir sind im Super Bowl! Ich drehe fast durch!«

Morgen ist das große Spiel. In sechzig Minuten ist Sperrstunde, doch ich werde schon lange vorher weg sein.

Denn ich werde nichts tun, was die Chancen auf einen Sieg für dieses Team auch nur ansatzweise gefährden könnte.

Jeder Einzelne von ihnen hat hart dafür gekämpft, sich jetzt hier zu befinden. In dieser Situation.

Ich könnte nicht stolzer sein. Da ich letztes Jahr zur Kommunikationsmanagerin befördert wurde, kenne ich jeden hier.

In der Zwischenzeit liebe ich sie alle wie eine zweite Familie. Ich will diesen Sieg genauso sehr wie jeder Einzelne hier in diesem Team.

»Muss ich dich vielleicht ein wenig auflockern?« Colin legt einen Arm um meine Taille und wirft mich mit dem Rücken aufs Bett. In seinen Augen lodert ein Feuer, das ich sofort zwischen meinen Beinen spüre.

»Meinst du, das ist eine gute Idee?« Ich lege eine Hand um seinen Nacken und ziehe ihn zu mir heran. »Lenkt dich das nicht zu sehr ab?«

»Rocky.« Colin beugt sich herunter und küsst meine entblößte Schulter. »Ich könnte mich nicht so gut auf das Spiel konzentrieren, wenn wir das hier nicht täten. Du würdest allen Denver-Fans also quasi einen schlechten Dienst erweisen, wenn du keinen Sex mit mir hättest.«

Ich stoße ein Lachen aus. »So willst du das also hinstellen?«

Er knabbert an meinem Schlüsselbein. »Wenn das bedeutet, dass du mit mir Sex haben wirst, damit sich in meinem Kopf nicht ständig alles um den Super Bowl morgen dreht? Dann ja.«

Ich drehe seinen Kopf zu mir und schaue ihm in die Augen. »Das ist alles, was du sagen musstest. Wann habe ich dir je etwas abschlagen können?«

»Ich liebe dich so verdammt sehr, Rocky.«

Wir entledigen uns unserer Klamotten, und das

einzelne Licht im Zimmer wirft einen warmen Schein auf Colins muskulösen Körper. Wir küssen und berühren uns auf Arten, die nur wir beide beherrschen.

Ich spüre jede Berührung, jede geflüsterte Liebesbekundung, während er in mich eindringt. Mit jedem Stoß seiner Hüften wird mein Verlangen immer größer, bis es schließlich an seinem Höhepunkt angekommen ist und Colin mit sich reißt.

Wir liegen eng umschlungen im Bett und sonnen uns in der Liebe, die wir füreinander empfinden.

»Ich bin ganz schön aufgeregt wegen morgen.«

Ich lege meine Hand auf Colins Herz. »Ich weiß. Das ist schon okay.«

»Du wirst nicht versuchen, mir das auszureden?«

Colin dreht sich zu mir um und sieht mich an.

»Nein.« Ich streiche mit einem Finger über seine Wange. »Du wirst aufgeregt sein, ganz egal, ob ich dir nun sage, dass du ein fantastisches Spiel abliefern wirst oder nicht. Aber ich hätte da etwas, das dich auf andere Gedanken bringen könnte.«

»Wenn es noch mehr Sex ist, bin ich dabei.« Ein freches Grinsen breitet sich auf seinem Gesicht aus.

»Witzig.« Ich greife über ihn drüber, nehme mein Handy vom Nachttisch, öffne die Galerie und rufe das Video auf, das ich Anfang der Woche aufgenommen habe.

»Was ist das?«

Ich verdrehe die Augen. »Drück auf Abspielen.«

Als Colin das tut, erscheinen die Gesichter von Waffles und unserer neuen schwarzen Labradorhündin Pancake auf dem Bildschirm.

»Waffles und Pancake!« Ein Lächeln erhellt Colins Gesicht. »Hi ihr zwei!«

Ich kann nicht aufhören, ihn anzustrahlen. Er liebt die

beiden so sehr. An manchen Tagen vielleicht sogar mehr als mich.

Nicht auszuschließen.

»Okay, Leute. Wer geht zum Super Bowl?«, frage ich unsere beiden Hunde im Video.

Waffles legt seinen Kopf schief und Pancake wirft sich hin. Keiner von ihnen versteht auch nur ein Wort von dem, was ich sage.

»Könnt ihr euch im Kreis drehen und mir zeigen, was ihr anhabt?« Mit einem Leckerli in der Hand bringe ich die beiden dazu, sich zu drehen und ihre neuen Trikots zu präsentieren. Waffles hatte schon immer sein eigenes James-Trikot, doch jetzt tragen sie beide stolz die Nummer siebenundachtzig.

»Verdammt. Die sehen echt schick aus, wie sie Dad repräsentieren.« Colin hebt seinen Blick und sieht mich an.

»Es kommt noch mehr.« Ich lenke seine Aufmerksamkeit zurück auf den Bildschirm.

»Okay. Könnt ihr beide Daddy jetzt noch viel Glück wünschen?«

Waffles bellt zur Antwort und Pancake kommt auf mich zu und leckt den Bildschirm ab.

»Pancake, aus! Was habe ich dir über das Ablecken von Bildschirmen gesagt?« Das Video wird gedreht, sodass man mich nun mit Pancake auf dem Schoß und Waffles an meiner Seite sieht. Waffles, der in der Zwischenzeit über dreißig Kilogramm wiegt, macht jetzt auch mit und leckt mir übers Gesicht. »Wir lieben dich, Colin. Egal, ob du gewinnst oder verlierst: Wir werden immer deine größten Fans sein.«

Colin zieht mich auf seinen Schoß und schließt mich in seine Arme. »Ich liebe dich so, so sehr. Ich weiß nicht, womit ich dich verdient habe.«

Ich küsse jede Stelle an ihm, an die ich herankomme.

»Du bedeutest mir alles und dieses Leben wäre nicht annähernd so schön, wenn du kein Teil davon wärst.«

Da gibt Colins Handy plötzlich einen Piepton von sich, der signalisiert, dass die Sperrstunde näher rückt.

»Ich wünschte, du könntest die ganze Nacht hierbleiben.«

Ich springe von seinem Schoß und ziehe mich an. »Ich weiß. Aber wir sehen uns ja bald wieder.«

Colin zieht seine Boxershorts an und begleitet mich zur Tür.

»Also, was denkst du: hundert Yards und zwei Touchdowns morgen?«

»Colin! Klopf auf Holz!« Ich klopfe dreimal gegen die Tür.

»Wir machen das vor jedem Spiel. Wenn wir es jetzt nicht machen, wird das Unglück bringen. Also, was meinst du? Glaubst du, das schaffe ich?«

Wir machen das tatsächlich schon immer so, dass Colin sagt, was er sich für das Spiel wünscht. Wenn es klappt, feiern wir. Und wenn nicht, schauen wir uns gemeinsam Videomaterial an, um herauszufinden, was schiefgelaufen ist. Meistens bringt das nichts und wir haben am Ende nur Sex, aber es ist trotzdem unsere Tradition.

Eine, die ich jetzt nicht einfach brechen darf.

»Einhundert Yards und zwei Touchdowns. Na, dann streng dich mal an.«

»Immer so frech«, meint Colin und zieht mich für einen weiteren leidenschaftlichen Kuss zu sich heran.

»Ich liebe dich.«

»Ich liebe dich auch, Colin.«

Kapitel Vier

FRANKIE

Meine Sicht verschwimmt langsam, als ich mir die Offense erneut ansehe. Während ich dabei zuschaue, wie der Receiver einen Haken schlägt und auf die Seitenlinie zurennt, mache ich mir eine weitere Notiz, wie wir das im Spiel berücksichtigen können.

Genau wie gestern.

Und am Tag davor.

Aber morgen ist der Super Bowl. Das größte Spiel unseres Lebens.

Und da werde ich absolut gar nichts dem Zufall überlassen.

Ein Klopfen an der Tür lenkt meine Aufmerksamkeit von meiner Wiederholung des Conference Championship Games von L. A. ab. Als ich durch den Spion schaue, sehe ich Knox' Gesicht mit einem frechen Grinsen darauf.

»Was machst du denn hier unten?«, frage ich, als ich die Tür öffne.

»Du hast doch wohl nicht ernsthaft gedacht, dass ich dich am Abend vor dem Super Bowl *nicht* noch einmal besuchen würde, oder?«

»Du bist wirklich unverbesserlich.« Knox drängt sich an mir vorbei ins Zimmer, wo sein Duft sofort den kleinen Raum erfüllt.

»Wie viele Jahre machen wir das jetzt schon so?« Knox lässt sich aufs Bett fallen und lehnt sich gegen das Kopfteil. Nur mit einer grauen Jogginghose und einem eng anliegenden Mountain-Lions-Shirt bekleidet, ist er noch genauso sexy wie an dem Tag, als wir uns zum ersten Mal begegnet sind.

»Nur ein paar.« Ich setze mich neben ihn und ziehe sein Oversized-Shirt, das ich als Schlafanzug verwende, über meine Knie. »Wie fühlst du dich wegen des Spiels morgen?«

»Genau das Gleiche sollte ich dich auch fragen«, lenkt er ab.

»Ich bin ganz schön nervös. Ich weiß, dass alle bereit sind, aber ich muss ständig darüber nachdenken, was ist, wenn wir den Spielplan vermasseln. Es ist der Super Bowl. Wer weiß schon, was passiert, wenn die Jungs schließlich auf dem Feld stehen? Es könnten eine Million verschiedener Dinge schiefgehen und …«

Knox beugt sich zu mir rüber und gibt mir einen leidenschaftlichen Kuss, was mich aus meiner Gedankenspirale reißt. Ich stöhne auf, als seine Zunge in meinen Mund eindringt. Knox lässt langsam seine Hände über meine Oberschenkel gleiten und zieht mich auf seinen Schoß.

»Ich würde ja sagen, dass wir das nicht tun sollten, aber Sex hat sich als ziemlich effektive Möglichkeit des Stressabbaus erwiesen«, sagt Knox mit rauer Stimme, während er sich an meinem Hals hinabküsst.

Ich reibe mich an ihm und spüre, wie er unter mir steif wird. »Sehr effektiv sogar.«

Die Geräusche aus dem Fernseher durchbrechen die sonstige Stille.

»Warum schaust du dir denn das Spiel schon wieder an?« Knox schnappt sich die Fernbedienung vom Nachttisch und schaltet den Fernseher aus.

»Ich versuche, noch alle möglichen Last-Minute-Spielzüge herauszufinden. L. A. ist ein starkes Team.«

»Aber wir sind besser.« Knox streicht mir eine Haarsträhne hinters Ohr.

»Ich weiß. Ich will nur …«, ich atme tief durch, »… ich will das hier nur mehr als alles andere. Für mich. Für dich. Für das Team. Ich habe immer noch das Gefühl, dass ich mich beweisen muss.«

»Du musst hier niemandem auch nur irgendetwas beweisen. Du bist der beste Coach, den es gibt, Frankie.«

Ich spiele mit der goldenen Kette, die auf Knox' Brust liegt. Die, die ihm sein Opa vor vielen Jahren geschenkt hat.

»Es fühlt sich an, als müsste ich dieses Spiel gewinnen, damit ich mich nicht mehr ständig vor allen beweisen muss.«

Ich bin schon seit über einem Jahrzehnt Trainerin in dieser Liga und hasse es, dass ich mich manchmal immer noch so fühle. Gelegentlich reißt ein Stadionsprecher auch mal einen Witz und ich habe das Gefühl, ständig kämpfen und den Männern auf dieser Welt zeigen zu müssen, dass ich das kann.

Knox nimmt mein Gesicht zwischen seine Hände und streicht mit seinen Daumen über meine Lippen. »Wir werden gewinnen. Und wenn wir diesen Pokal überreicht bekommen, wird das all diese Zweifler da draußen verstummen lassen.«

»Ich liebe dich.«

»Ich liebe dich auch.« Knox verlagert sein Gewicht

und zieht mich näher zu sich heran. »Erinnerst du dich noch, worüber wir vor ein paar Jahren gesprochen haben?«

Mein Gesicht wird feuerrot, als ich an das Gespräch denke, das wir kurz nach der Beerdigung seiner Oma hatten. Die ganze Woche über habe ich das schon im Hinterkopf.

»Du machst das aber nicht jetzt, oder? Ich habe gesagt, dass wir einen gewinnen müssen.«

Er lächelt mich an, was seine Grübchen zum Vorschein bringt. Dasselbe Lächeln, das jedes Mal wieder aufs Neue Funken durch meinen Körper schießen lässt. Selbst nach all diesen Jahren genügt ein Blick von ihm und ich schmelze förmlich dahin. »Es ist das Super-Bowl-Wochenende. Also heute Abend oder morgen. Was ist dir lieber?«

»Du kannst mir doch nicht vor dem Super Bowl einen Antrag machen!«, schreie ich und schlage ihm auf die Brust.

»Es ist ja nicht so, als hätte ich es nicht schon lange genug angekündigt. Wir reden schon seit Jahren darüber.«

»Aber was ist, wenn morgen das Schlimmste passiert und wir dann immer wieder an dieses Wochenende erinnert werden?«

Knox lacht über mich. »Sollte das wirklich passieren, meinst du nicht, dass du dann eine schöne Erinnerung von diesem Wochenende mitnehmen willst?«

»Warum stresst du mich damit gerade eigentlich so?«

»Ich wette, du hast seit mindestens zwei Minuten nicht mehr an das Spiel gedacht.«

Ich verdrehe die Augen, als Knox sich für einen weiteren Kuss zu mir beugt. »Okay, das stimmt. Aber das heißt nicht, dass ich jetzt nicht denke, dass du mir einen Antrag machen und uns Unglück bringen wirst!«

»Du bist genauso schlimm wie alle anderen Spieler, Frankie.«

Knox rutscht auf dem Bett herum und greift nach etwas in seiner Tasche.

»Ich schwöre dir, wenn du jetzt diesen Ring rausholst, werde ich Nein sagen.«

Knox grinst mich an, als er sein Handy herauszieht.

»Gott, ich hasse dich, weißt du das?«

Der Teufel selbst würde ihm bei diesem Lächeln, das er mir gerade schenkt, zu Füßen liegen. »Du liebst mich.«

Ich verdrehe die Augen. »Allerdings habe ich keine Ahnung, warum.«

»Oh, mir würden da schon ein paar Gründe einfallen …«, meint er, während er meinen Hals mit Küssen überhäuft.

»Solange du diese Gründe bis morgen Abend für dich behältst.«

»Also schön.« Knox wirbelt uns herum und drückt mich mit dem Rücken aufs Bett. Sein Gesicht ist nur wenige Zentimeter von meinem entfernt. »Aber damit eins ganz klar ist, Francesca Rose: Morgen Abend wird mehr als nur ein Ring überreicht werden. Betrachte dies als eine Vorankündigung.«

Kapitel Fünf

ALEX

»Gibt es einen Grund, warum wir heute alle die Sperrstunde ignorieren?« Knox klopft mir auf die Schulter, während die Jungs in mein Zimmer strömen.

»Wer hätte das gedacht? Knox Fisher will sich mal an die Regeln halten«, meint Logan lachend.

Knox zeigt ihm den Mittelfinger. »In dreißig Minuten beginnt die Sperrstunde, Arschloch.«

»Dann brechen wir ja gar keine Regeln.«

Ich fühle mich wie ein stolzer Vater, wenn ich dabei zusehe, wie diese Männer hier zusammenkommen. »Keine Sorge, es wird nicht lange dauern.«

»Wir spielen morgen im Super Bowl«, sagt Logan ehrfürchtig.

»Ich glaube nicht, dass ich heute Nacht schlafen kann«, meint Colin.

»Wie wäre es denn dann mit einem kleinen Schlummertrunk?« Ich ziehe eine einsame Flasche Bourbon aus der Minibar.

»Damit könnte man nicht einmal ein Kind zum Einschlafen bringen«, scherzt Knox.

»Dann kann es ja nicht schaden, wenn wir uns vor dem morgigen Tag noch kurz einen Drink genehmigen. Ich weiß ja nicht, wie es euch geht, aber ich muss definitiv meine Nerven beruhigen.«

Den ganzen Tag über war es ein Auf und Ab an Nervosität und Angst vor dem großen Spiel morgen. Jedes Kind, das mit Footballspielen im Garten angefangen hat, hat den Traum, diesen Pokal einmal in den Händen zu halten. Das ist alles, worauf wir in unserer Profikarriere hingearbeitet haben, und jetzt ist es endlich so weit. Nach dem gestrigen Telefonat mit Carter und Angie ging es mir noch ganz gut, aber als ich heute noch einmal unseren Spielplan durchgegangen bin, hat es sich zum ersten Mal real angefühlt.

Es ist so weit. Nachdem ich ein Jahrzehnt lang alles, was ich habe, in dieses Spiel gesteckt habe, ist es endlich so weit.

Es ist nicht nur ein weiteres Spiel.

Es ist das große Spiel.

Der verdammte Super Bowl.

Nachdem ich in jedes Glas etwas eingeschenkt habe, reiche ich jedem seinen Drink.

»Wie geht's dir, Jackson?« Er starrt aus dem Fenster und blickt auf die Rockies.

»Wisst ihr, ich habe von diesem Moment hier geträumt, seit ich angefangen habe, Football zu spielen. Und das Einzige, woran ich jetzt denken kann, ist Tenley.«

»Wie geht's ihr denn?«, fragt Knox und nippt an seinem Drink.

»Der Arzt meinte, es geht ihr gut. Was aber nicht bedeutet, dass ich mir keine Sorgen mache.«

»Was, wenn das Baby während des Spiels kommt?«, fragt Logan. »Dann solltest du sie Lombardi nennen.«

Jackson verpasst ihm einen Schlag auf den Hinterkopf.

»Mach darüber keine Witze. Ich darf die Geburt meiner Tochter doch nicht verpassen.«

»Logan macht nur Spaß.« Ich sehe ihn mit einem strengen Blick an. »Reg ihn doch nicht noch mehr auf.«

»Außerdem wäre Lombardi auch ein schrecklicher Name für ein Mädchen«, meint Colin.

»Hey, vielleicht lenkt ihn das zu sehr vom Spiel ab«, wirft Logan ein.

»Mach dir darüber mal keine Sorgen. Ich werde während des Spiels hoch konzentriert sein. Kümmere du dich einfach darum, mit dem verdammten Ball im Arm ein paar Yards zu machen, Logan«, erwidert Jackson.

»Und du kümmerst dich einfach darum, ein paar Field Goals zu schießen.«

»Ich glaube, wir wissen inzwischen alle, wie wir unsere Jobs zu machen haben. Deshalb sitzen wir jetzt ja hier, oder?« Ich schaue zu Colin hinüber. »Bereit, ein paar Bälle in die Hände zu bekommen?«

»Zwischen diesen Worten ist irgendwo ein ganz schlechter Witz versteckt«, meint Logan. »Doch ich werde mich wie ein Erwachsener verhalten und es ignorieren.«

»Heilige Scheiße. Es hat nur den Einzug in den Super Bowl gebraucht, und schon wird der Junge erwachsen.« Knox wuschelt ihm durchs Haar, während Logan versucht, ihn davon abzuhalten.

»Bekommen wir eigentlich einen Toast, Alex?«, fragt Colin und stößt mir mit dem Ellbogen in die Seite. »Deshalb hast du uns doch herbestellt, oder?«

Ich lache und starre in meinen Drink. »Bin ich so durchschaubar?«

Colin zeigt mit seinem Daumen und seinem Zeigefinger einen Abstand von etwa zwei Zentimeter an. »Vielleicht ein ganz kleines bisschen.«

»Das ist das größte Spiel unserer bisherigen Karriere.

Diesen Moment konnte ich nicht einfach an uns vorbeiziehen lassen.«

»Also schön, dann lass mal hören«, meint Knox und lehnt sich mit einem leichten Lächeln auf dem Gesicht gegen die Kommode.

»Du kommst mir gerade viel zu gechillt vor.« Colin wedelt mit einer Hand in seine Richtung.

»Das wärst du auch, wenn …«

»Niemand möchte etwas über dein Sexleben hören, Knox«, unterbricht Jackson ihn.

Knox grinst. »Wenn es das ist, was du denkst, dann können wir es gerne dabei belassen.«

»Ich glaube, wir wechseln lieber mal das Thema«, mischt sich Logan ein und verhindert somit jeden weiteren Wortwechsel zwischen den beiden. Dann nickt er mir zu und übergibt mir das Wort.

»Ich glaube, ich muss niemanden von euch sagen, wie wichtig dieses Spiel morgen ist.« Ich blicke jedem der Jungs, die hier vor mir stehen, fest in die Augen.

»Ach, ist doch nur ein Sonntag wie jeder andere, oder?«, meint Colin und lächelt mich an.

Ich lächle zurück. »Es wird eine ganze Menge Prunk und Pomp um das Spiel herum geben, aber ja, ansonsten ist es ein Sonntag wie jeder andere. Wir sind unseren Spielplan durchgegangen. Wenn wir uns daran halten, werden wir ein gutes Spiel abliefern. L. A. ist ein starkes Team, aber wir haben hart dafür gekämpft, jetzt hier zu sein. Es waren ein paar schwere Jahre. Wir hätten schon viel früher hier sein sollen, aber das spielt keine Rolle. *Jetzt* sind wir hier.«

»Verdammtes Vegas«, murmelt Knox.

Das ist die Niederlage, die uns am schlimmsten getroffen hat – die gegen unseren Erzrivalen. Selbst nach all den Jahren steckt sie uns immer noch in den Knochen.

»Daran dürfen wir nicht denken. Nicht jetzt. Jetzt ist endlich unsere Zeit gekommen.« Ich erhebe mein Glas und alle tun es mir gleich. »Es gibt niemanden, mit dem ich lieber dieses Spiel bestreiten würde als mit euch. Als mit diesem Team.«

Ich schaue jeden einzelnen dieser Männer an. Seitdem wir gedraftet wurden, hat sich unser aller Leben zum Besseren verändert. Wir haben Ehemänner. Ehefrauen. Kinder. Hunde. Eine Familie.

»Jeder Einzelne von euch ist wie ein Bruder für mich. Und ganz egal, was morgen passiert: Wir werden immer noch eine Familie sein. Immer noch ein Team. Wir gewinnen als Einheit, und wir verlieren als Einheit. Ganz egal, was passiert. Auf die Mountain Lions!«

»Auf die Mountain Lions!«

Kapitel Sechs

TENLEY

»Tante Peyton, kann ich noch mehr Nachos haben?«, fragt Noah, dessen ganzes Gesicht bereits mit Käse beschmiert ist.

»Ich weiß nicht so genau. Ist deine Mom damit einverstanden?«, fragt sie und kniet sich vor ihn hin.

»Mommy, kann ich noch mehr Nachos haben?«

Ich lächle und streiche mir über den Bauch. »Na klar. Aber iss bitte nicht zu viele.«

»Jaaaa!«, ruft er und reckt seine Ärmchen in die Höhe. »Vielleicht bekomme ich ja auch noch einen Keks!«

»Noah …«

»Was denn?« Er zuckt mit den Schultern und folgt Peyton in die Suite.

Ich wende meine Aufmerksamkeit wieder dem Spiel zu. Nachdem Alex gleich zu Beginn des zweiten Viertels einen Pick Six geworfen hat, konnte man förmlich sehen, wie die Schultern hängen gelassen wurden. Die Anhänger der Mountain Lions glauben nicht, dass die Mannschaft noch einmal zurückkommen kann. Aber Alex treibt seine Männer das Feld entlang.

Nach ein paar Minuten setzt sich Peyton wieder neben mich.

»Die wissen schon, dass sie uns ganz schön fertigmachen, oder?« Ich streiche weiter über meinen Bauch und starre auf die Punktetafel. Denver liegt mit einundzwanzig zu drei zurück, als Jackson losrennt, um hoffentlich den Rückstand ein wenig zu verringern.

»Tief durchatmen, Mama. Wir haben noch jede Menge Spielzeit übrig«, meint Peyton und drückt meine Schultern.

»Isst Noah noch?«, frage ich und blicke mich suchend nach ihm um.

»Er ist bei deiner Mutter. Er wollte ihr sein neues Trikot zeigen.«

Ich lächle. Jackson hat ihm ein neues mit einem Super-Bowl-Aufnäher geschenkt, bevor er losgefahren ist, und Noah hat sich riesig darüber gefreut.

»Gott sei Dank sind sie alle hier.«

Als Jacksons Schuss durch das Tor segelt, spüre ich ein Stechen in meinem unteren Rücken. Ein Stechen, das ich schon die ganze Zeit ignoriere, weil mich in den letzten Tagen immer wieder Vorwehen geplagt haben.

»Alles in Ordnung mit dir?«, fragt Peyton. »Dein Arzt hat doch gesagt, dass es okay ist, dass du heute hier bist, oder?«

Der errechnete Geburtstermin von der kleinen Fields ist erst in drei Wochen, doch nun bete ich, dass sie wenigstens noch ein paar Stunden durchhält.

»Alles in Ordnung. Ich finde nur irgendwie keine bequeme Position.« Ich rutsche auf dem Stuhl hin und her und versuche, es mir etwas angenehmer zu machen. »Ich fühle mich wie ein Wal.«

»Du siehst wunderschön aus. Das Schwangersein steht

dir gut.« Peyton schenkt mir ein strahlendes Lächeln. Während der letzten Jahre ist sie zu einer engen Freundin von mir geworden. Ich schicke ihr ein ebenso strahlendes Lächeln zurück.

Kurz nachdem Jackson und ich geheiratet haben, ist Noah in unser Leben getreten. Er ist unser ganzer Stolz und es gibt niemanden auf der Welt, den er mehr liebt als seinen Vater.

»Mommy, hast du Daddys Kick gesehen? Er hat es geschafft!« Er wirft seine kleinen Arme in die Luft und hopst auf den Platz neben mir.

»Das habe ich. Noch ein paar mehr davon und Denver ist wieder voll dabei.« Ich sage das mehr zu mir selbst, weil ich wahnsinnig nervös darüber bin, wie weit Denver zurückliegt.

»Daddy wird es schaffen!« Noah schlingt seine Arme um meinen Bauch, während wir uns beide auf die letzten zwei Minuten dieser Halbzeit konzentrieren.

»Kleines Schwesterchen. Du verpasst den ganzen Spaß. Daddy ist im Super Bowl und ich will unbedingt, dass er gewinnt.« Noahs geflüsterte Worte an seine Schwester lassen mir das Herz aufgehen. Er liebt sie so sehr und sie ist noch nicht einmal hier.

»Bald wird sie da sein …« Ich halte mitten im Satz inne, als ich einen warmen Schwall Wasser auf meinen Füßen spüre.

»Iiih! Mommy hat sich in die Hose gemacht!«, schreit Noah und springt von mir weg.

»O nein. O nein.«

Die letzten Sekunden der Halbzeit laufen herunter, während ich versuche, durch den Schmerz zu atmen, der gerade über mich hereinbricht.

Das kann gerade nicht wirklich passieren.

»Tenley! O mein Gott! Ist das, von dem ich glaube, dass es gerade passiert ist, wirklich passiert?« Peyton sieht sich die Sauerei um mich herum an, während Carter und Angie direkt neben ihr stehen.

»Ähm, ja?«

»Ja oder nein? Ganz einfache Frage. Ist deine Fruchtblase gerade geplatzt?«, fragt sie mit schriller Stimme, während sie mich ernst ansieht.

»Offensichtlich ja. Aber was um Himmels willen soll ich denn jetzt machen? Wir sind mitten im Super Bowl!«

»Ich glaube nicht, dass die Kleine das interessiert. Wo ist deine Mutter?« Peyton wird sofort aktiv, während ich tief durchatme.

»Das kleine Mädchen kommt?« Jacksons Vater läuft die Sitzreihen entlang und hebt Noah auf, der immer noch einen entsetzten Ausdruck auf dem Gesicht hat.

»Mh-hm.« Ich reibe mir über den Bauch und versuche, eine Wehe zu veratmen.

Von wegen Vorwehen.

»Sie sollte aber doch erst in ein paar Wochen kommen.«

»Ich schätze, sie will sehen, wie ihr Dad einen Super Bowl gewinnt.«

»Okay«, sagt Peyton, als sie wieder zu uns herüberkommt. »Die Rettungssanitäter sind auf dem Weg und bringen dich ins Krankenhaus. Deine Mutter und deine Schwiegermutter werden dich begleiten und wir werden Jackson Bescheid sagen …«

»Nein!«, schreie ich und versuche, aufzustehen. »Ihr dürft es ihm erst nach dem Spiel sagen. Er muss für sein Team da sein!«

Die Lichter gehen aus, als das Feld für die Halbzeit-Show vorbereitet wird.

Verdammt. Ich wollte unbedingt die Backstreet Boys sehen.

»Bist du sicher?«, fragt mich Peyton.

Ich nicke. »Ja. Ich möchte, dass er hierbleibt.«

Carter kommt in die erste Reihe, streckt mir seine Hände entgegen und hilft mir auf. »Wie können wir dir helfen?«

Ich lehne mich an ihn und lege den kurzen Weg zu den bereits in der Suite wartenden Sanitätern zurück.

»Indem ihr auf Noah aufpasst?«

Carter lächelt mich an. »Er kann mit Angie spielen. Mach dir darüber keine Gedanken.«

Ich versuche zu lächeln, aber es ist eher ein Zucken. »Danke. Ich hoffe, er macht euch nicht zu viele Umstände.«

»Das ist eine gute Übung dafür, wenn wir auch mal zwei haben«, meint Carter und zwinkert mir zu.

»Bekommt ihr etwa noch eins?«, frage ich, als er mich auf die Krankentrage setzt.

»Noch nicht. Aber wenn es mal so weit ist, werde ich mir sicherlich ein paar Ratschläge von dir holen.«

Eine weitere Wehe setzt ein.

Das kleine Mädchen kommt ziemlich schnell.

»Ein letztes Mal: Bist du dir sicher, dass wir Jackson nichts sagen sollen?«

Ich atme durch den Schmerz und nicke. »Ich bin mir sicher.«

Jacksons Vater kommt mit Noah zu mir herüber. »Wir werden dafür sorgen, ihn rechtzeitig zu dir zu bringen. Du kümmerst dich jetzt erst mal um dich selbst«, meint er und drückt meine Hand.

»Und du, Mister«, ich gebe Noah einen Kuss auf die Wange, »feuerst Daddy jetzt besonders laut an und bleibst schön bei Opa, okay?«

Noah nickt heftig mit dem Kopf. »Okay, Mommy! Viel Spaß!«

Ich lächle ihm zu, als ich aus der Suite gerollt werde. Spaß ist so rein gar nicht das richtige Wort für das, was mir jetzt gleich blühen wird.

Kapitel Sieben

KNOX

Fuck.

Es läuft nicht so, wie wir uns das vorgestellt haben. Nach einem Pick Six von L. A. treten sie uns voll in den Arsch. In unserem eigenen Stadion.

Die Jungs sind am Boden zerstört. Wir haben unser gesamtes Herzblut in dieses Spiel gesteckt, können aber noch nicht wirklich viel vorweisen.

Wenn Jackson nicht wäre, wären wir schon längst raus.

In der Umkleidekabine herrscht eine gedrückte Stimmung. Die Hälfte des Teams lässt den Kopf hängen, während die andere Hälfte einfach nur erschöpft wirkt.

Die Musik der Halbzeitshow dringt gedämpft zu uns herein.

Aber das ist mir scheißegal.

Alles, was mich im Moment interessiert, ist, dass wir noch dreißig Minuten Football zu spielen haben.

Zu sagen, dass wir im Moment nicht unseren besten Football spielen, wäre eine Untertreibung.

Und das passt mir ganz und gar nicht.

»Okay, das war mal eine beschissene erste Halbzeit«,

sage ich und trete in die Mitte der Umkleidekabine. Ein paar Köpfe schnellen nach oben.

»Das kannst du laut sagen«, murmelt jemand.

»Tue ich auch. Aber es war nicht die Schuld eines Einzelnen. Alex«, ich zeige auf ihn, »was kannst du in der zweiten Halbzeit besser machen?«

»Vielleicht meine Ziele treffen?«, erwidert er schnaubend.

»Colin?« Ich richte meinen Blick nun auf ihn.

»Die Pässe, die Alex mir zuwirft, auch wirklich fangen?«

Ich nicke. »Wir liegen fünfzehn Punkte zurück, weil Jackson zum Glück den Rückstand ein wenig aufgeholt hat. Wie viele Touchdowns liegen wir zurück, Logan?«, frage ich und schaue ihn an. Er sieht mich an, als wäre das eine Fangfrage.

»Zwei, plus eine Two-Point Conversion.«

»Ganz genau. Ich weiß, dass auch ich nicht mein bestes Spiel abgeliefert habe, aber wir haben noch dreißig Minuten Zeit, um das Blatt zu wenden.«

Alex steht auf, kommt zu mir herüber und klopft mir auf die Schulter. »Knox hat recht. Das Spiel ist noch nicht vorbei. Ich weiß nicht, wie es euch geht, aber ich bin nicht so weit gekommen, um jetzt einfach den Schwanz einzuziehen und unseren Gegnern das Spiel zu überlassen. Auf gar keinen Fall!«

Die Energie in der Umkleidekabine ändert sich. Man sieht keine hängenden Schultern mehr. Alle Augen sind nun auf Alex und mich gerichtet.

»Verlieren ist scheiße«, sagt Colin, als er zu uns herüberkommt und sich neben uns stellt. »Ich will nicht für den Rest meines Lebens eine Super-Bowl-Niederlage mit mir herumschleppen. Denn ihr wisst, dass wir das tun werden. Jeder einzelne Fan wird sich an diese Season erinnern. Wie wir das beste reguläre Season-Spiel unseres Lebens gespielt haben, aber das große Spiel einfach nicht gewinnen konnten.«

»Also *ich* will das nicht. Du, Alex?«, frage ich ihn.

»Auf gar keinen Fall!«, schreit er.

Nach und nach stehen die Jungs auf und kommen zu uns in die Mitte der Umkleidekabine. Coach Brooks beobachtet das Ganze und versucht, sich ein Lächeln zu verkneifen.

»Die erste Halbzeit liegt hinter uns. Sie ist aus und vorbei. Schiebt es auf die Nerven, ein schlechtes Spiel, worauf auch immer ihr wollt.« Ich schaue mich um. »Aber in der zweiten Halbzeit zeigen wir es ihnen. Lauft sauber eure Routen. Handelt euch keine dummen Strafen ein. Lasst uns da rausgehen und den Mountain-Lions-Football spielen, von dem ich weiß, dass wir ihn alle spielen können.«

»James, was ist das, was du und Peyton immer vor einem Spiel macht?«, fragt Logan.

Er lächelt. »Ich sage ihr, wie viele Yards und wie viele Touchdowns ich erzielen werde.«

»Und wo stehst du gerade?«

»Siebenunddreißig Yards. Keine Touchdowns.« Er schüttelt den Kopf, bevor er zu Logan schaut. »Glaubst du, ich kann diesen Rückstand in der zweiten Halbzeit noch aufholen?«

Logan vibriert förmlich. »Nicht, wenn ich mit dem Ball hundert Yards weit laufe und selbst einen Touchdown erziele.«

Alex stellt sich zwischen die beiden und schlingt seine Arme um sie. »Wie wäre es, wenn ich jedem von euch einen Ball für einen Touchdown zuwerfe? Damit würden wir den Rückstand auf jeden Fall aufholen.«

Jackson meldet sich nun auch zu Wort. »Und ich lege noch ein paar Field Goals drauf, als Sahnehäubchen.«

Ich grinse wie ein Idiot. Das ist die Energie, die wir brauchen. »Verdammt, vielleicht erzwinge ich ja dazwischen auch noch irgendwo einen Fumble.«

»Warum fügst du dem Fumble nicht noch eine Recovery hinzu?«, schlägt Colin vor.

»Fuck, ja! Das hört sich klasse an!« Ich schlage ihm auf die Schulterpolster. »Okay, Jungs, gebt euer Bestes!«

Alle drängen sich in der Zwischenzeit um uns herum.

»Kapitän?« Ich schaue zu Alex. Er ist immer für eine bedeutungsschwangere Rede zu haben.

»Die Bühne gehört dir, Kumpel.« Er reckt seinen Arm in die Höhe, und wir alle tun es ihm gleich.

Ich grinse. Mein Blick fällt auf Frankie, die an einer Wand der Umkleidekabine steht. Ihre Augen sind feucht, doch mir entgeht nicht das wortlose *Ich liebe dich*, das sie mit ihren Lippen formt.

Auf gar keinen Fall werden wir heute Abend verlieren. Denn diese Frau verdient heute definitiv zwei Ringe, nicht nur einen.

»Wir können keine fünfzehn Punkte in einem Spielzug machen.« Ich sehe jeden Spieler um mich herum nacheinander an. »Langsam und gleichmäßig. Ein Drive. Ein Spielzug. Ein Block. Spielt euer Spiel – cleveren, sauberen Football. Das ist unsere Zeit. Niemand wird uns in unserem eigenen Stadion schlagen!«

»Auf gar keinen Fall!«

»Lasst uns das für Denver gewinnen!«

Ihre Worte verursachen mir eine Gänsehaut. Der Coach gesellt sich nun ebenfalls zu uns und tritt in unsere Mitte.

»Coach, bringen wir diesen Sieg nach Hause.«

Er lächelt und reckt wie alle anderen seinen Arm in die

Höhe. »Ich weiß nicht, was ich noch sagen könnte, was nicht schon gesagt wurde. Geht da raus, spielt dieses Spiel, das ihr so liebt, und lasst uns die Meisterschaft nach Denver holen!«

»Familie auf drei …« Ich zähle herunter.

»Familie!«

Nichts kann jetzt mehr zwischen uns und den Sieg kommen.

Kapitel Acht

COLIN

»Okay, Jungs. Es ist so weit. Zehn Yards und wir sind in Führung. Denkt ihr, wir schaffen das?«, fragt Alex im Huddle und schaut jedem Einzelnen von uns in die Augen.

Es ist noch eine Minute auf der Uhr übrig. Wir liegen mit drei Punkten zurück. Nachdem es zwischenzeitlich schon mal achtzehn waren, hat wohl niemand mehr damit gerechnet, dass wir noch einmal zurückkehren würden. Wir haben hart dafür gekämpft, jetzt hierzustehen.

Vierunddreißig zu einunddreißig.

Wir wollen diesen verdammten Super Bowl gewinnen.

»Heilige Scheiße, lasst es uns zu Ende bringen!« Ich klopfe ihm auf die Schulter.

»Rodgers. Bist du bereit?«, fragt Alex unseren Ersatz-Runningback.

Logan ist im dritten Viertel nach einem schweren Treffer am Bein zu Boden gegangen. Im Super Bowl mit dem Cart vom Feld gefahren zu werden, ist wohl etwas, was sich niemand wünscht.

Aber vorher hat er uns noch dabei geholfen, diesen Rückstand wieder aufzuholen.

»Ich bin bereit, Alex.«

Alex ruft den Spielzug aus und wir stellen uns auf. Unsere Offensive Line drängt die Defense zurück, während Rodgers drei Yards läuft.

Ein weiterer Laufspielzug.

Diesmal sind es vier Yards.

»Drei Yards. Colin, dein Auftritt.«

Mein Lächeln könnte man wahrscheinlich vom Weltall aus sehen. »Dann mal los, Alex.«

»Blackbird Thirty-two on three.«

Wir lösen uns aus dem Huddle und ich renne zu meinem Platz. Der Safety mir gegenüber ist der, den mich Peyton immer und immer wieder hat studieren lassen.

Und dann noch einmal, nur um sicherzugehen, dass ich es auch wirklich kapiert habe.

Zieh nach rechts, um ihn zu überlisten.

Der Ball wird gesnapt und ich sprinte in die Mitte des Felds. Und gerade als ich denke, dass der Safety mich gleich hat, ziehe ich nach rechts. Er geht nach links und ein perfekter Pass segelt direkt in meine Hände.

»Touchdown. Nummer Siebenundachtzig. Wide Receiver Colin James«, dröhnt die Stimme des Ansagers durch die Lautsprecher im Stadion.

»Das war der verdammt beste Pass deines Lebens!« Ich springe in Alex' Arme, während mich gefühlt das halbe Team in der Endzone umringt.

»Das war der verdammt beste Fang deines Lebens!«, ruft Alex zurück. »Wir liegen in Führung!«

Jackson joggt auf das Feld und ignoriert uns alle, um konzentriert zu bleiben. Einen Extrapunkt später führen wir mit achtunddreißig zu vierunddreißig.

Und es sind nur noch vierunddreißig Sekunden auf der Uhr übrig.

»Okay, Jungs. Schenkt ihnen nicht einen Yard. Nicht einen einzigen verdammten Yard!« Knox läuft an der Seitenlinie auf und ab und heizt die Defense an. Ich stehe auf der Bank neben Alex und mein Herz schlägt mir bis zum Hals.

Der Ball wird gekickt und der Kick Returner des Special Teams von L. A. sieht dem Ball dabei zu, wie er über seinen Kopf hinweg in die Endzone segelt.

»Ich kann gar nicht hinsehen.« Alex verschränkt seine Hände und starrt auf den Boden. Niemanden hier im Stadion hält es noch auf seinem Sitz.

Es sind mehr Mountain-Lions-Fans als Fans von L. A. anwesend, es ist also dementsprechend laut. Nicht so, wie wir es sonst gewohnt sind, aber die Stimmung fällt definitiv zu unseren Gunsten aus.

Im ersten Spielzug erzielen sie ganz leicht fünf Yards, doch die Uhr bleibt nicht stehen. Keines der beiden Teams hat noch einen Time Out übrig, und somit ist L. A. schnell wieder an der Linie.

Der Ball wird gesnapt und danach geschieht alles in Zeitlupe. Knox überwindet den Guard und erreicht den gegnerischen Quarterback. Der Ball wird gefumbled und es herrscht Chaos auf dem Feld.

»Schnappt euch den Ball! Schnappt euch den Ball!«, schreie ich wie ein Verrückter, auch wenn ich damit absolut nichts ausrichten kann.

»Wer hat ihn?« Alex drückt meine Schulter, während er auf den Bildschirm starrt. »Wer hat den Ball?«

Spieler werden von dem Menschenknäuel auf dem Boden weggezogen, während die Schiedsrichter versuchen, den Ball zu finden. Und als sie ihn finden, ist es unser

Mann, der ihn hält. Der Ball ist in der verdammten Hand von Knox Fisher.

Ball für Denver.

Die Uhr läuft auf null herunter.

Das Spiel ist vorbei.

Die Denver Mountain Lions haben den Super Bowl gewonnen.

»Verdammte Scheiße!«, schreie ich und werfe mich auf Alex. »Wir haben es geschafft! Wir haben es verdammt noch mal geschafft!«

»Wir haben es geschafft!« Wir brechen beide in Tränen aus, während Konfettikanonen über das Feld gefeuert werden.

»Habt ihr in dieser Umarmung auch noch ein Plätzchen für mich?« Knox taucht an unserer Seite auf und lässt seinen Helm fallen.

»Da haben wir ja unseren Most Valuable Player!« Ich springe auf ihn, um ihn zu umarmen, und Alex tut es mir gleich.

»Das war der Spielzug des Jahres«, stimmt mir Alex zu.

»Ach Quatsch. Dieser Pass war auch ziemlich gut.«

»Aber nicht so toll wie mein Fang.«

»Wir sind uns also einig, dass wir uns nicht einig sind«, meint Alex, während Jackson auch endlich mit zu unserem Haufen stößt.

»Wir sind die verdammten Champions, Baby!«, ruft er, während ihm Tränen die Wangen hinabrollen. Wir alle weinen, doch das interessiert im Moment absolut niemanden von uns. Jedem von uns wird eine Meisterschafts-Cap überreicht, während auf dem Feld schnell eine Bühne aufgebaut wird.

»Ich liebe euch, Leute.« Alex ist vor Rührung ganz außer sich. »Ich kann nicht glauben, dass wir endlich gewonnen haben!«

»Wir haben es geschafft!«, stimmt Jackson mit ein.

»Wir sind die verdammten Champs!«, schreit Knox.

Als die Familien langsam aufs Spielfeld strömen, lösen wir uns voneinander, um unsere Liebsten zu finden. Es sollte mir eigentlich mehr wehtun, dass mein Vater nicht hier ist, aber das tut es nicht. Selbst nach all diesen Jahren hat er sich immer noch nicht gemeldet, um sich mit mir auszusöhnen.

Aber aufgrund der Frau, die gerade auf mich zukommt, ist das vollkommen in Ordnung für mich. Und das wird es auch immer sein.

Sie bleibt vor mir stehen und steckt ihre Hände in die Arschtaschen ihrer Jeans. In ihrem Trikot mit der Nummer siebenundachtzig sieht sie so sexy aus wie immer.

»Nur siebenundneunzig Yards, James? Und nur ein Touchdown? Ich bin sehr enttäuscht von dir.« Doch ich sehe ihr ganz genau an, dass sie krampfhaft versucht, ernst zu bleiben.

»Ich hoffe, dass die Tatsache, dass dieser eine Touchdown zu unserem Sieg geführt hat, den anderen Touchdown und die drei Yards, die ich nicht geschafft habe, aufwiegt.«

Peyton zuckt mit den Schultern, bevor sie sich endlich in meine Arme wirft. »Darauf kannst du deinen Arsch verwetten! Ich bin so stolz auf dich. Ihr habt gewonnen. O mein Gott, ihr habt es geschafft!« Sie überhäuft mein Gesicht – das genauso feucht ist wie ihres – mit Küssen.

»Wir haben es geschafft. Ich kann nicht glauben, dass wir das wirklich gepackt haben!«

»Meinst du, ihr könntet es das nächste Mal vielleicht nicht ganz so spannend machen?«

Ich setze ihr meine Cap auf und drehe diese nach hinten, damit ich ihr Gesicht sehen kann.

»Es ist ja nicht so, als hätten wir das so geplant.«

Peyton schlingt ihre Arme um meinen Hals und legt ihre Stirn an meine. »Bist du jetzt nicht froh darüber, dass wir das ganze Videomaterial angeschaut haben?«

Ich sehe sie breit grinsend an. »Du weißt, was das bedeutet, oder?«

»Natürlich weiß ich das.« Sie strahlt mich genauso an wie ich sie.

»Vor jeder zukünftigen Super-Bowl-Teilnahme werden wir uns beide zusammen Videomaterial ansehen.«

»Abgemacht.«

Peyton und Football.

Das ist alles, was ich jemals brauchen werde.

Kapitel Neun

CARTER

»Ich kann nicht glauben, dass sie gewonnen haben!« Tommy klopft mir auf die Schulter, während sich alle in der Familiensuite darauf vorbereiten, aufs Spielfeld zu gehen. »Ich hätte nicht gedacht, dass sie es schaffen würden.«

»*Ich* wusste, dass Daddy gewinnen würde, Onkel Tommy«, meint Angie und sieht ihn grimmig an. Das hat sich vor zwanzig Minuten, als sie fast in Tränen ausgebrochen wäre, noch ganz anders angehört. Gott sei Dank haben sie gewonnen.

»Du hast recht, Zwerg. Was hältst du davon, wenn wir jetzt mal zu ihm gehen?«

Sie strahlt übers ganze Gesicht, als sie in meine Arme springt. »Wir können ihn jetzt sehen?«

Ich nicke. »Ja. Aber du musst bei einem von uns bleiben, okay? Da unten werden eine ganze Menge Leute sein.«

Sie nickt und nimmt mein Gesicht in ihre kleinen Hände. »Weißt du was, Papa?«

»Was denn?«

»Daddy hat den Super Bowl gewonnen!«

Mein Grinsen ist genauso breit wie ihres. »Daddy hat den Super Bowl gewonnen!«

Dann dreht sich Angie zu Tommy um, gerade als der Aufzug ankommt. »Weißt du was, Onkel Tommy?«

Er sieht sie mit seinem besten nachdenklichen Blick an. »Hat Daddy vielleicht den Super Bowl gewonnen?«

»Daddy hat den Super Bowl gewonnen!«, ruft sie und wirft ihre Ärmchen in die Luft.

Alle scheinen vor Stolz fast zu platzen, während wir uns auf den Weg durch das Stadion machen. Meine Mutter weint und ist auf dem Weg zu meinem Vater. Und auch den Eltern von Alex laufen immer noch Tränen übers Gesicht.

Es war ein langer Weg. Es gab Tage, an denen ich mich gefragt habe, ob wir es jemals schaffen würden.

Und jetzt stehen wir hier.

Niemals hätte ich mir vor fünf Jahren dieses Szenario auch nur ansatzweise vorstellen können. Damals hatte Alex noch Angst, sein wahres Ich zu leben, und ich wollte auf gar keinen Fall für ihn meine Sexualität geheim halten. Aber seit er sich geoutet hat, waren wir jeden Tag zusammen. Heirat. Kinder. Niemals hätte ich gedacht, das alles einmal mit Alex haben zu können, doch das Leben, das wir uns aufgebaut haben, ist besser als alles, was ich für möglich gehalten hätte.

Es herrscht das reinste Chaos, als wir uns auf den Weg zum Spielfeld machen. Die Konfettikanonen werden immer noch abgeschossen, und die Spieler rennen umher, um sich gegenseitig zu gratulieren. Angie in meinen Armen versucht, so viel Konfetti aufzufangen, wie sie nur kann. Ich setze sie auf dem Boden ab und versuche, Alex zu finden.

»Papa! Das Konfetti hat die Farben von Denver!« Sie

hat im Moment nichts anderes im Kopf, als so viel Konfetti wie nur möglich in ihre Manteltaschen zu stopfen.

Jackson sprintet an uns vorbei; zweifellos hat ihn jemand über Tenley informiert. Und dann entdecke ich endlich Alex. Der Quarterback-Coach gratuliert ihm gerade, als sich unsere Blicke treffen. Mein Herz macht einen Sprung in meiner Brust. Ich kann seine Freude sogar von hier aus spüren. Ich weiß nicht, ob er schon jemals so gestrahlt hat.

Ich gehe in die Hocke, um auf Angies Augenhöhe zu sein. »Möchtest du jetzt Daddy sehen?«

Sie hebt ihren Kopf und sieht sich suchend um. »Wo ist er?« Ich zeige auf die Stelle, wo er steht, und ihre Augen werden riesengroß vor Freude darüber, einen ihrer liebsten Menschen auf der Welt zu sehen. Und schon flitzt sie los und zieht eine Spur Konfetti hinter sich her. Für eine Vierjährige ist sie ganz schön schnell.

Alex breitet die Arme aus und hebt Angie in die Luft. »Du hast gewonnen, Daddy!« Mit ihren kleinen Armen drückt sie sich an seinen Hals, als ich zu ihnen gelaufen komme.

»Wir haben gewonnen«, sagt er mit zitternder Stimme, als ich meine Arme um die beiden schlinge. Das Leben war noch nie so wundervoll wie jetzt in diesem Moment. Doch gleichzeitig weiß ich auch, dass es bald sogar noch viel wundervoller werden wird.

ALEX

DAS LEBEN KÖNNTE NICHT WUNDERVOLLER SEIN. Mit Angie und Carter in meinen Armen und dem

Konfetti, das auf uns herabregnet, ist es fast schon perfekt. Schon als ich die beiden auf dem Spielfeld entdeckt habe, wurde ich sentimental. Doch jetzt, wo ich sie in meinen Armen halte, ist es nahezu unmöglich, die Tränen zurückzuhalten.

»Du hast es geschafft.« Carter drückt mich noch fester an sich. Ich lege mein Gesicht an seinen Hals und lasse den Tränen freien Lauf. »Du hast den Super Bowl gewonnen!«, sagt er voller Stolz.

»Ich kann nicht glauben, dass wir es geschafft haben.«

Carter löst sich von mir und legt seine Hände auf meine Wangen. »Das war das beste Footballspiel, das ich je gesehen habe.«

Ich muss über ihn lachen. Noch vor ein paar Jahren wollte er nichts mit Sportlern oder Football zu tun haben. Doch in der Zwischenzeit bringt er Angie genauso viel über das Spiel bei wie ich.

»Aber ich hätte fast einen Herzanfall bekommen!«

»Vielleicht machen wir es beim nächsten Mal lieber nicht ganz so spannend.«

Carter lächelt mich an. »Das hört sich gut an.«

»Kannst du nächstes Jahr auch wieder im Super Bowl mitspielen, Daddy?«, fragt Angie.

»Wir werden sehen. Bis dahin müssen wir es erst mal wieder schaffen.«

»Das wirst du. Du bist der beste Footballspieler ALLER Zeiten! Ich hab dich so lieb, Daddy.«

Ich drücke sie fest an mich. Wenn nur alle Sportanalytiker so von mir sprechen würden. Es gibt nichts Besseres, als der Vater dieses Mädchens zu sein.

»Nicht so sehr, wie ich dich.« Als ich meine Eltern und Tommy entdecke, beginnen die Tränen erneut zu fließen.

»Netter Sieg, Bruderherz«, sagt Tommy mit einem Augenzwinkern.

Ich verdrehe die Augen. »Danke. Es freut mich, dass ich dich beeindrucken konnte.«

»Hör nicht auf ihn«, sagt Dad und klopft mir auf die Schulter. »Das war ein verdammt gutes Spiel, mein Sohn. Wir sind so stolz auf dich.«

Carter nimmt mir Angie ab, damit ich meine Eltern umarmen kann. Mir fehlen die Worte. Ich spüre in diesem Moment so viel Liebe, dass ich gar nicht weiß, wohin mit mir.

»Du musstest einfach die Nummer mit dem Comeback abziehen, oder?«, stichelt Tommy.

»Hey, aber wir haben gewonnen, richtig?«

Mom ist immer noch am Weinen und Angie macht auf dem Boden Schnee-Engel im Konfetti. Es ist einfach nur schön, so eine Freude im Gesicht meiner Tochter zu sehen. Carter sieht mich an, als wäre ich der tollste Mann auf Erden.

»Dieser letzte Drive? Da dachte ich wirklich, ich muss gleich kotzen. Ich habe keine Ahnung, wie du das machst«, meint Tommy und zieht mich in eine Umarmung.

Ich drücke ihn fest an mich. Ich weiß nicht, ob ich ohne seine Unterstützung jetzt hier stehen würde. »Es freut mich, dass du hier warst, um dir das Spiel mit anzusehen.«

»Nirgendwo sonst wäre ich lieber gewesen. Ich liebe dich, Alex.« Er zieht sich zurück und wischt sich eine Träne aus dem Auge.

»Wenn ihr zwei so weitermacht, fange ich auch gleich wieder an«, meint Mom, der die Tränen immer noch übers Gesicht laufen.

Ich wische mir meine eigenen Tränen weg, drehe mich zu ihr um und ziehe sie in eine Umarmung. »Ich glaube, du hattest noch gar nicht aufgehört, Mom.«

»Oh, sei still«, rügt sie mich und gibt mir einen Klaps auf den Arm.

»Alex. Gleich wird der Pokal präsentiert. Wir brauchen dich auf der Bühne.« Ich nicke dem Teammitarbeiter zu, der an meiner Seite aufgetaucht ist, und lasse meine Mutter los.

»Angie. Bist du bereit, den Pokal zu holen?«

»Darf ich ihn mal halten?«, fragt sie. Ich beuge mich hinunter und hebe sie auf meine Schultern.

»Nachdem alle anderen dran waren.«

Sie tätschelt meinen Kopf und bedeutet mir damit, dass ich losgehen soll.

»Ja, ja, ich geh ja schon.«

Alle Jungs sind um die Bühne versammelt – bis auf einen. »Wo ist Jackson?«

Carter bringt mich mitten in dem Chaos noch einmal zum Stehen. »Hat es dir niemand gesagt?«

»Nein. Was ist passiert?«

Carter strahlt. »Tenleys Wehen haben eingesetzt.«

»Ach komm!«

Angie kippt meinen Kopf nach hinten, damit sie mich ansehen kann. »Bekomme ich auch eine kleine Schwester wie Noah?«

»Ähm …«

»Wie wär's, wenn wir später darüber reden, Süße?«, klinkt sich Carter ein. Gott sei Dank.

Sie zuckt nur mit den Schultern, während wir weiter auf die Bühne zugehen, wo uns der Coach begrüßt.

»Opa! Wir haben gewonnen! Wir haben den Super Bowl gewonnen.«

Ich weiß nicht, wer in der Zwischenzeit begeisterter ist – ich oder Angie.

»Alles wegen deines Vaters.« Er klopft mir auf die Schulter. Und schon werden meine Augen wieder feucht. Scheint wohl eine Nacht endloser Tränen zu werden.

»Ohne dich hätte ich das nie geschafft, Coach.«

»Ach, ich denke schon, dass du das hättest. Aber was meinst du? Holen wir uns diesen Pokal, Mr. MVP?«

»Ist das dein Ernst?«, fragt Carter neben mir.

Er nickt. »Nach diesem Comeback in der zweiten Halbzeit? Da hat er sich diesen Titel mehr als verdient.«

Carter umarmt seinen Vater, bevor ich ihn ebenfalls in eine unbeholfene Umarmung ziehe, während Angie immer noch auf meinen Schultern sitzt.

»Heißt das, dass du der beste Spieler bist, Daddy?«, fragt Angie von ihrem erhöhten Platz aus.

Ich will gerade antworten, doch der Coach kommt mir zuvor. »Genau das heißt es. Und lass dir von ihm nichts anderes einreden. Komm her und gib deinem Opa eine Umarmung.«

Er hebt Angie von meinen Schultern und nimmt sie mit auf die Bühne.

»Das fühlt sich alles so surreal an«, sage ich so leise, dass nur Carter mich hören kann.

»Du wirst es wahrscheinlich schon langsam satthaben, das zu hören, aber ich bin so stolz auf dich. Diese Kraft, die es gekostet haben muss, nach einem solchen Rückstand wieder zurückzukommen?« Auch Carters Augen sind jetzt feucht. »Das würden nicht viele Menschen schaffen, Alex. Aber du hast es geschafft. Ich liebe dich so verdammt sehr und kann es kaum erwarten, mit dir zu feiern. Nur mit dir.«

Ich ziehe ihn für einen Kuss zu mir heran, der leider viel zu kurz ausfällt. »Ich werde es nie satthaben, das zu hören.«

»Gut, denn ich werde auch nie aufhören, es zu sagen. Und jetzt«, meint Carter und schiebt mich in Richtung Bühne, »hol dir diesen Pokal.«

Diese Worte? Musik in meinen Ohren.

Kapitel Zehn

KNOX

»Ich kann nicht glauben, dass du es geschafft hast!«, ruft mir Frankie zu, während sie in meine Arme springt. Konfetti segelt auf das Feld herunter, während ich sie an mich drücke. »Das war der verdammt beste Spielzug, den ich je gesehen habe.«

»Und alles nur deinetwegen.« Ich lege mein Gesicht an ihren Hals. »Ohne dich wäre ich kein halb so guter Spieler, wie ich es jetzt bin.«

Frankie schaut auf mich herab; ihre Haare hat sie unter die Team-Beanie gesteckt. Es ist kalt, aber nicht so kalt, wie es sein könnte.

»Wir haben das zusammen gewonnen. Wie viele Menschen können das schon über sich sagen?«

Ich drücke sie noch fester an mich. Es war eine ziemliche Umstellung, Frankie nicht mehr als Trainerin zu haben, aber immer noch besser als die Alternative, dass sie zu einem anderen Team gewechselt wäre. Keine Chance, dass ich ohne die Frau, die ich gerade in den Armen halte, jetzt hier stehen würde.

»Ich liebe dich, Frankie.«

»Nicht so sehr, wie ich dich liebe.«

Ich gebe ihr einen Kuss, und es ist mir vollkommen egal, wer gerade alles um uns herum steht. Sicherlich wird dieser Moment gerade von den Dutzenden von Fotografen auf dem Spielfeld für die Ewigkeit festgehalten.

Hoffentlich schickt mir jemand eine Kopie davon.

Das Leben kann eigentlich gar nicht mehr besser werden.

»Kannst du vielleicht eine Minute entbehren, um deiner Mutter Hallo zu sagen?«

Als ich mich von Frankie löse, sehe ich meine Mutter in meinem Trikot und mit vom Weinen geröteten Augen neben mir stehen.

»Hi Mom.«

Ich ziehe sie in eine feste Umarmung.

»Ich bin so stolz auf dich.« Ihre Stimme beginnt zu zittern. »Und deine Großeltern wären es auch.«

Das treibt auch mir wieder die Tränen in die Augen. Wenn es irgendetwas gäbe, das diesen Sieg noch schöner machen könnte, dann wäre es die Anwesenheit meiner Großeltern.

Doch von den beiden wichtigsten Menschen in meinem Leben unterstützt zu werden und sie jetzt auch noch an meiner Seite zu haben, ist schon etwas verdammt Besonderes.

»Ich bin ein Super Bowl Champion.«

Ich gehe einen Schritt zurück und versuche, einen beruhigenden Atemzug zu nehmen. Frankie ist genauso emotional wie wir, als sie meine Mutter umarmt. Seit sie sich kennengelernt haben, sind die beiden wie Pech und Schwefel.

»Die erste Trainerin, die einen Super Bowl gewonnen hat. Eine wahnsinnige Leistung, Liebes«, sagt Mom und tätschelt Frankie die Wange. Ich bin mir nicht sicher, wer gerade stolzer von uns beiden ist – ich oder Frankie.

»Ja, da muss man wirklich mit den Tränen ringen«, sagt sie und dreht sich zu mir um.

»Wo wir gerade von Ringen sprechen …« Ich halte inne und beobachte, wie eine ganze Reihe an Emotionen über Frankies Gesicht huscht. »Lässt du mich es jetzt machen?«

Sie verdreht ihre großen braunen Augen. »Wenn es unbedingt sein muss.«

Ich strecke Mom meine Hand hin und sie lässt ein Samtsäckchen in meine Handfläche fallen.

»Da hast du es diese Woche also versteckt«, meint Frankie grinsend.

»Du hast doch gestern Abend nicht wirklich geglaubt, dass ich dir einen Antrag machen würde, oder?«

Sie sieht mich nachdenklich an. »Kurz ist es mir schon in den Sinn gekommen.«

»Nun«, ich nehme eine ihrer Hände, während ich auf ein Knie sinke, »ich wusste zufällig, dass wir heute gewinnen würden und ich es deshalb jetzt machen kann.«

»Du wusstest, dass wir gewinnen würden, nachdem wir mit achtzehn Punkten zurücklagen?« Nur Frankie würde sich während eines Heiratsantrags von einem Gespräch über Football ablenken lassen.

»Oma hätte nicht zugelassen, dass wir verlieren. Sonst hätte sie mich bis an mein Lebensende als Geist heimgesucht.«

Sowohl meine Mutter als auch Frankie lachen über meine Worte. »Das stimmt wohl.«

»Nun, würde es dich stören, wenn wir jetzt wieder zum eigentlichen Thema zurückkommen?« Ich drücke ihre Hand.

»Na endlich.«

Diese Frau. Als ob *ich* die Person wäre, die ständig abgelenkt wird.

»Seit dem Tag, an dem ich dich zum ersten Mal getroffen habe, Francesca, bist du eine treibende Kraft in meinem Leben. Du lässt dir keinen Scheiß von mir gefallen …«

»Musst du in deinem Antrag wirklich solche Worte verwenden?«, wirft Mom ein und verdreht die Augen.

»Würdet ihr zwei bitte aufhören, mich ständig zu unterbrechen, und mich einfach diese verdammte Sache durchziehen lassen?«

Beide verkneifen sich ein Lachen, während Frankie mir zunickt, dass ich fortfahren soll.

»Ist das wirklich, worauf ich mich jetzt für den Rest meines Lebens freuen darf?«, murmle ich vor mich hin.

»Ja. Und du würdest es auch gar nicht anders wollen.« Frankie strahlt im Licht der Stadionbeleuchtung förmlich. Aus dem Augenwinkel sehe ich einen Fotografen, der eine Kamera in unsere Richtung hält.

»Du hast recht. Du hältst mich immer auf Trab und lässt mich nie mit irgendetwas davonkommen. Ohne dich wäre ich nicht der Mann oder der Spieler, der ich heute bin. Du bist das Beste, was mir je passiert ist, Frankie, und ich möchte keine einzige Minute meines Lebens mehr ohne dich verbringen.«

»Viel besser, Knox«, flüstert Mom und zeigt mir einen Daumen nach oben.

Ich lächle sie kurz an, bevor ich meine Aufmerksamkeit wieder Frankie widme und Omas Ring aus dem Säckchen ziehe. Ein kleiner runder Diamant ist zwischen zwei kleinere Diamanten gefasst. Der Ring ist schlicht, aber voller Liebe.

»Francesca Rose, würdest du mir die Ehre erweisen,

mich zu heiraten und mich dich für den Rest meines Lebens mit Liebe überhäufen zu lassen?«

»Verdammt noch mal, ja!«, ruft Frankie strahlend und wirft sich auf mich.

Mom applaudiert, als Frankie mein Gesicht in ihre Hände nimmt und mir einen Kuss gibt. Die letzten vom Himmel segelnden Konfettistücke bleiben an unseren Gesichtern kleben, während wir diesen wundervollen Moment in uns aufnehmen.

Ich stecke Frankie den Ring an und er sieht verdammt gut an ihrer Hand aus. Ich weiß, dass meine Großeltern diesen Moment – Frankie mit diesem Ring zu sehen – wahnsinnig gerne miterlebt hätten. Aber gleichzeitig weiß ich ja, dass sie uns gerade zusehen.

Frankie setzt sich auf mein Knie und drückt mich an sich. »Ich liebe dich, Knox.«

»Ich liebe dich auch, Frankie.« Ich nehme ihre Hand und küsse den Ring. »Auf welchem Platz rangiert dieser Ring unter den Ringen, die du heute Abend bekommen hast?«

Sie schenkt mir ihr bisher strahlendstes Lächeln. Eines, das mir sagt, dass der Sieg beim Super Bowl diesem Moment hier nicht ansatzweise das Wasser reichen kann.

»Das hier ist der beste Ring, den ich je in meinem Leben bekommen werde.«

Kapitel Elf

JACKSON

»Heilige Scheiße! Wir haben es geschafft!« Konfetti regnet auf uns herab, während Knox auf meinen Rücken springt. »Kannst du das glauben?«

»Dieser erzwungene Fumble war der Wahnsinn, Mann!« Der letzte Spielzug war geradezu heldenhaft. Es gibt nichts Besseres, als einen Super Bowl im eigenen Stadion zu gewinnen.

»Wir sind die Champions!« Er stürmt davon, als ich endlich meinen Vater und Noah mit Colin und Peyton an der Seitenlinie entdecke.

Je näher ich komme, desto aufgeregter wird Noah und windet sich in den Armen meines Vaters.

»Kannst du glauben, dass wir gewonnen haben?«, schreie ich und nehme ihm Noah ab.

Er schlingt seine Ärmchen um meinen Hals. »Mommy hat sich während des Spiels in die Hose gemacht!«

»Was?« Ich sehe meinen Vater verwirrt an. Er hebt beruhigend die Hände, als ob er schon wüsste, dass mir nicht gefallen wird, was er gleich erzählt.

»Ihre Wehen haben eingesetzt.«

»Bitte was? Aber der Arzt hat gesagt, dass es noch ein paar Wochen dauern würde.« Ich muss mich da gerade verhört haben, doch mein Vater grinst von einem Ohr zum anderen und nickt mit dem Kopf. »Wir haben noch ein paar Wochen vor uns.«

Es ist, als könnte ich es noch verhindern, wenn ich es nur oft genug sage.

»Babys halten sich nun mal nicht an Zeitpläne, mein Sohn.«

Das Spielfeld ist brechend voll. Spieler, Familien, Freunde und Reporter sind überall um uns herum.

»Ist das wirklich dein Ernst?« Ich schaue Noah an, als ob sein kleines Gesicht mir bestätigen könnte, was mein Vater da gerade sagt.

»Eure Mütter sind bei ihr, aber es geht wohl alles ziemlich schnell«, meint Dad.

»Das Baby ist noch nicht da? Fuck. Ich muss so schnell wie möglich dahin.«

Mein Vater nimmt mir Noah wieder ab, während ich meine Hose nach meinen Schlüsseln abtaste. »Verdammt! Wie soll ich denn da jetzt hinkommen?«

»Fluchbüchse, Daddy!«

»Jackson, jetzt atme erst mal tief durch.« Peyton tritt neben mich, während Colin mich anstarrt, als könne er gar nicht glauben, was hier gerade passiert.

»Wie soll ich denn bitte in dieses verdammte Krankenhaus kommen?«, schreie ich und drehe mich verzweifelt um mich selbst. Ich verliere fast den Verstand, während ich überlege, was ich jetzt machen soll.

»Noch ein Dollar!«

»Jetzt ist nicht der richtige Zeitpunkt dafür, Noah«, sagt mein Vater zu ihm.

»Am Ende des Tunnels steht ein Sheriff bereit, der dich ins Krankenhaus fahren wird. Dein Vater wird Noah später nachbringen, aber jetzt«, sie setzt mir eine Cap auf den Kopf, »musst du zusehen, dass du dabei bist, wenn dein kleines Mädchen das Licht der Welt erblickt.«

»Du bist die Beste.« Ich nehme sie in eine kurze Umarmung, bevor ich mich umdrehe und Noah einen Kuss gebe. »Wir sehen uns ganz bald wieder, Kumpel, und dann können wir zusammen feiern.«

»Juhuuuu!« Er reckt seine Fäuste in die Luft, während mein Vater mir auf den Rücken klopft.

»Jetzt aber los! Es wirkte nicht so, als würde sich das Baby viel Zeit lassen wollen.«

Das Lächeln, das sich auf meinem Gesicht ausbreitet, ist riesig, als ich in die Richtung renne, wo Peyton hinzeigt. Ich ignoriere alle, die mir auf meinem Weg begegnen, bis ich einen vor Freude strahlenden Polizisten entdecke, der schon auf mich zu warten scheint.

»Da braucht wohl einer unserer Champions eine Mitfahrgelegenheit ins Krankenhaus, was?«

»So schnell Sie können, bitte.«

»Keine Sorge, wir bringen Sie in null Komma nichts dahin.«

»HABE ICH ES VERPASST?« Ich stürme in den Kreißsaal und alle Augen richten sich auf mich. Tenley stößt einen ohrenbetäubenden Schrei aus, während meine Mutter mich herüberwinkt.

»Sie ist gleich da«, sagt der Arzt.

»Du hast gewonnen!« Tenley laufen die Tränen übers Gesicht, als ich ihre Hand nehme und ihr einen Kuss auf die verschwitzte Stirn drücke.

»Und trotzdem ist der Sieg beim Super Bowl nicht das Aufregendste, was heute Abend passiert.«

Die Stadt war wie elektrisiert, als wir hierhergefahren sind. Die Menschen sind auf die Straßen geströmt, um den Sieg von Denver zu feiern. Seit Jahren haben wir darauf hingearbeitet und ich hätte nicht glücklicher sein können – bis jetzt.

»Noch einmal pressen und sie ist draußen«, meldet sich der Arzt zu Wort.

»Du schaffst das, Tenley.«

Sie drückt meine Hand und beginnt erneut zu pressen, bis endlich das schönste Geräusch des ganzen Abends an meine Ohren dringt.

»Sie ist da!« Der Arzt hält ein winziges, mit Käseschmiere bedecktes Mädchen hoch, das brüllt wie am Spieß.

Tränen laufen mir übers Gesicht, als die Kleine auf Tenleys Brust gelegt wird.

»Wolltest wohl nicht den ganzen Spaß verpassen, was?«, fragt Tenley und streicht mit einem Finger über die pausbackige Wange.

»Sie sieht genauso aus wie du«, flüstere ich. Voller Ehrfurcht sehe ich dieses kleine Wesen an, das meine Frau gerade zur Welt gebracht hat.

Piper Fields.

»Wir machen sie jetzt noch ein wenig sauber und dann können Sie zurück auf Ihr Zimmer, um sich ein wenig auszuruhen.« Eine Krankenschwester nimmt Tenley die Kleine ab, während sie sich zu mir umdreht und mich mit vor Freude strahlenden Augen ansieht.

»Ich kann nicht glauben, dass sie zu früh gekommen ist.«

Ich nicke. »Mir wurde gesagt, du hättest dir während des Spiels in die Hose gemacht.«

Tenley muss laut lachen, während ich mich neben sie

aufs Bett setze. »Irgendwann wird Noah es schon verstehen.«

Ich umfasse ihre Wange und drehe ihren Kopf, damit sich unsere Blicke treffen. »Ich bin so stolz auf dich, Tenley.«

»Ich liebe dich«, flüstert sie mir zu. Ich beuge mich zu ihr hinunter und gebe ihr einen Kuss.

»Liebe meines verdammten Lebens.«

Ich spüre ihr Lächeln an meinen Lippen. »Fluchbüchse.«

»Du bist genauso schlimm wie Noah«, erwidere ich lachend.

»Möchte der Papa seine Kleine mal halten?«, fragt die Krankenschwester, während sie das inzwischen ruhige Baby zu uns herüberbringt.

»Ich hätte nicht gedacht, dass ich es noch schaffen würde.« Ich wende meinen Blick nicht von Piper ab, als sie in meine Arme gelegt wird. Es fühlt sich an, als wäre mein Herz gerade um das Dreifache gewachsen.

»Ich bin so froh, dass es noch geklappt hat.«

Das Krankenhauspersonal wuselt um uns herum, doch das bekomme ich gar nicht wirklich mit, während unsere Mütter uns beglückwünschen und dabei beobachten, wie wir unser kleines Mädchen anhimmeln.

»Sind Sie schon bereit, zurück auf Ihr Zimmer zu gehen?«, fragt eine Krankenschwester, die gerade an meiner Seite aufgetaucht ist, an Tenley gewandt.

»Dein Vater und Noah sind im Wartezimmer«, informiert mich meine Mutter neben mir.

»Noah muss ganz erschöpft sein«, meint Tenley und gähnt. Diese Frau hat gerade einen neuen Menschen zur Welt gebracht und macht sich mehr Gedanken um unseren Sohn. Einer der vielen Gründe, warum ich sie so liebe.

Ich beuge mich zu ihr hinunter und gebe ihr einen

langen Kuss. »Mach dir keine Sorgen. Ich kümmere mich schon um ihn.«

»Hast du nicht einen Super-Bowl-Sieg zu feiern?«

Ich zucke mit einer Schulter. »Das kann warten.«

»KLOPF, klopf. Ist hier vielleicht Platz für einen Besucher?«

Der Coach steckt seinen Kopf durch die Tür. Ich werfe einen Blick auf Tenley, die ihre Arme um Noah geschlungen hat und schläft.

»Ich dachte, die kleine Dame möchte vielleicht sehen, was es mit dem ganzen Trubel auf sich hat, weil sie ja nun doch früher gekommen ist.«

Und mit diesen Worten holt er den Super-Bowl-Pokal hinter seinem Rücken hervor. Ich verlagere das schlafende Bündel auf meiner Brust. Zum Glück konnte ich mich hier im Krankenhaus duschen, denn jetzt will ich nichts weiter, als dieses kleine Mädchen zu knuddeln.

»Wow. Wie hast du es geschafft, den aus der After-Party herauszuholen?« Es ist früh am Montagmorgen und ich bin mir sicher, dass einige meiner Teamkollegen noch am Feiern sind.

»Ich habe an ihre gute Seite appelliert.«

»Du meinst, sie waren zu betrunken, um es zu merken?«

Er lacht. »Das auch.«

Der Coach reicht mir den Pokal, der mit seinen knapp über drei Kilo das Beste, was mir in dieser Nacht in die Arme gelegt wurde, gut ausbalanciert.

Ich kann nicht glauben, dass wir es geschafft haben. Und auch jetzt ist es noch nicht vollständig zu mir durchgedrungen. Ich bin so schnell aus dem Stadion gerannt, dass ich nicht einmal darüber nachgedacht habe, was dieser Moment eigentlich bedeutet. Mein Vater musste mir das Super-Bowl-T-Shirt bringen, das ich jetzt trage. Ich werfe einen kurzen Blick zum Bett hinüber und sehe Tenley, die mich nun mit Tränen in den Augen ansieht.

Ich erinnere mich noch daran, wie ich einst dachte, dass mein Leben keinen Sinn hätte, wenn ich nie diesen Pokal gewinnen würde. Doch jetzt, wenn ich so zwischen der Trophäe und meinem kleinen Mädchen hin und her schaue, steht ganz eindeutig fest, wer von den beiden das Rennen macht. Diesem kleinen Mädchen gehört mein ganzes Herz. Nie hätte ich gedacht, dass mein Herz einmal außerhalb meiner Brust wohnen könnte. Geschweige denn an drei verschiedenen Orten.

»Danke, Coach. Das bedeutet mir sehr viel.« Ich höre das Klicken einer Kamera und sehe ihn lächelnd sein Handy hochhalten.

»Vater zu sein, steht dir gut. Ich bin so stolz auf dich, Jackson.«

Ich stelle den Pokal ab und nicke ihm zu. »Da wünscht man sich fast, man könnte meinem jüngeren Ich eine Ohrfeige verpassen und es daran hindern, so viele Jahre seines Lebens zu verschwenden.«

Er zuckt nur mit den Schultern. »Schon, aber würdest du das alles ohne diese Jahre wirklich zu schätzen wissen?«

Meine Augen finden erneut die von Tenley. Ich wüsste nicht, was ich ohne sie tun würde. Sie ist mein Ein und Alles, solange ich denken kann – selbst schon, bevor es mir überhaupt bewusst war. Ohne sie würde ich jetzt nicht dieses kleine Bündel voll Freude in meinen Armen halten. Und ich hätte auch nicht dieses verrückte Bündel voller Energie, das gerade in ihren Armen schläft.

»Ich glaube nicht.«

Dieser Sieg ist für die Ewigkeit.

Eine Ewigkeit, die ich mit meiner Familie an meiner Seite feiern darf.

Kapitel Zwölf

ALEX

»Ich kann nicht glauben, dass wir den Super Bowl gewonnen haben.« Die Deckenbeleuchtung blinkt in der an das Hotel angeschlossenen Bar, in der wir gerade sitzen. Sie wurde extra für das Team reserviert. Den ganzen Abend über fließt schon der Champagner. Einige Jungs sind auf der Tanzfläche und feiern mit ihren Liebsten.

»Du bist der MVP des Super Bowls«, ruft Carter mir zu.

»Ich kann es immer noch nicht glauben.« Ich lege einen Arm um Carters Schultern und überhäufe seinen Hals mit Küssen. »Wir haben den Super Bowl gewonnen!«

Carter strahlt, als er sich zu mir dreht und mir eine verirrte Haarsträhne aus der Stirn streicht. »Ich bin so stolz auf dich, Alex. Ich weiß, dass die letzten Jahre nicht einfach waren. Und trotzdem hast du es geschafft.«

Der heutige Abend ist eine wahre Achterbahn der Gefühle für mich. In der einen Minute ist alles okay, und in der nächsten breche ich schon wieder in Tränen aus. Ich ziehe Carter in eine Umarmung, denn das ist das Einzige, was mich davor bewahrt, loszuheulen. Erneut.

Und Angie hatte keinerlei Probleme damit, auf mein Weinen hinzuweisen, als ich zum MVP ernannt wurde.

»Nehmt ihr zwei euch vielleicht mal ein Zimmer? Ihr seid genauso schlimm wie Colin und Peyton«, schreit Knox vom anderen Ende des Tischs aus.

»Du brauchst gerade was sagen«, erwidere ich lachend und wische mir eine Träne weg, während ich mich weiter an Carters Seite kuschle. »Dich könnte doch auch niemand von Frankie losreißen.«

Knox zuckt mit einer Schulter. »So ist das eben, wenn man seiner Liebsten endlich einen Heiratsantrag machen durfte.«

Frankie verpasst ihm einen Schlag auf die Brust. »Du tust ja so, als ob ich nicht gewollt hätte, dass du mir einen Antrag machst.«

»Wenn es nach mir gegangen wäre, hätte ich dir schon vor verdammten drei Jahren einen Antrag gemacht.«

»Bist du bereit, von hier zu verschwinden?«, flüstert mir Carter zu, als die beiden darüber zu diskutieren beginnen, wer zuerst heiraten wollte. »Ich liebe deine Teamkollegen und so, aber ich wäre jetzt bereit, dich für mich allein zu haben.«

»Knox. Frankie.« Ich stehe auf und winke den beiden zum Abschied zu.

»Na endlich! Hat ja lange genug gedauert«, erwidert Knox und zwinkert mir zu.

»Darf ich dir den Vorschlag unterbreiten, auf deinen eigenen Rat zu hören?« Frankie hat sich genauso eng an Knox' Seite geschmiegt, wie ich es vor nicht einmal einer Minute bei Carter getan habe. »Niemand sollte heute Abend wegen Erregung öffentlichen Ärgernisses verhaftet werden.«

»Mach dir um uns keine Sorgen. Und jetzt kümmere dich um deinen Mann.«

Carter zieht mich mit sich, bevor ich noch ein weiteres Wort sagen kann. Die Musik dröhnt, als wir uns auf den Weg in die Lobby machen. Dort ist es so früh am Montagmorgen noch ruhig. Ein paar Sicherheitsbeamte laufen herum, aber das war's.

Wir müssen nicht lange auf den Aufzug warten. Als er da ist, zieht Carter mich hinter sich hinein und drückt den Knopf für die oberste Etage. »Es ist schon viel zu lange her, seit ich dich ganz für mich allein hatte.«

Die Türen sind kaum geschlossen, da stürzt er sich schon auf mich. Gott, wie ich es vermisst habe, ihn an mir zu spüren. Seine Lippen. Seine um mich gelegten Arme beim Einschlafen.

Ich vertiefe den Kuss, während unsere Zungen miteinander tanzen. Mit jeder Berührung wird mein Schwanz steifer.

»Du weißt, dass wir verhaftet werden könnten, wenn wir nicht vorsichtig sind.« Meine Stimme ist voller Verlangen, während Carter sich an meinem Hals hinabküsst.

»Das nächste Mal, wenn du beim Super Bowl dabei bist, werde ich mich vielleicht in dein Zimmer schleichen müssen. Ich mag es wirklich nicht, wenn du so lange von mir weg bist.«

Beim *Bing* des Aufzugs zieht Carter sich zurück. Sein Gesicht ist gerötet und seine Lippen sind geschwollen vom Küssen. Ich verschränke meine Hände hinter seinem Rücken und führe uns aus dem Aufzug. »Dann gehen wir am besten mal schleunigst auf unser Zimmer.«

Carter lächelt mich lüstern an.

»Ich muss ehrlich sagen, dass du mir gerade keine große Hilfe bist«, sage ich.

»Dann zeig mir mal ein paar Moves, Mr. MVP.«

»Ich mag, wie sich das anhört.«

»Ach ja?« Carter zieht eine Augenbraue hoch und dreht sich um, um die Tür aufzuschließen. »Vielleicht gebe ich dir heute Nacht sogar die volle MVP-Behandlung.«

Mein Schwanz ist schon vollkommen steif, als Carter endlich die Tür öffnet und mich hinter sich hineinzieht.

Wir entledigen uns unserer Klamotten und stürmen in die begehbare Dusche im Badezimmer, wo wir uns erneut küssen und jeden Zentimeter des anderen berühren. Eine Woche, ohne diesen Mann in mir zu spüren, war definitiv zu lang. Ich genieße jede Sekunde, während sich die Hitze um uns herum aufbaut und wir schließlich zusammen kommen.

Es ist das perfekte Ende eines perfekten Tages.

Etwas, von dem ich nie gedacht hätte, dass ich es jemals erleben würde.

»Ich habe übrigens noch weitere gute Nachrichten für dich«, eröffnet mir Carter, während er sich aufs Bett setzt und seine Beine übereinanderschlägt. Ich lasse mich neben ihn fallen. Seine Brille ist von der Hitze im Bad noch ganz beschlagen.

»Wie sollte dieser Tag denn bitte noch besser werden können?« Ich nehme seine Hand und spiele an dem Ehering herum, der an seinem Finger steckt. Das ist eine Angewohnheit, die ich mir wohl nie abgewöhnen werde.

Carters Augen werden feucht, als er mich freudestrahlend ansieht. »Was wäre, wenn ich dir sagen würde, dass unser Leben in, sagen wir mal, sieben Monaten noch viel, viel besser werden wird?«

»Ich muss wohl immer noch ein wenig angeheitert sein, denn du kannst auf keinen Fall das gesagt haben, was ich gerade gedacht habe zu hören.«

»Du hast schon richtig gehört. Chelsea ist schwanger.«

»Heilige Scheiße!« Ich werfe Carter mit dem Rücken aufs Bett. »Ist das dein Ernst?«

Er nickt und schlingt sich um mich. »Sie hat am Freitag angerufen. Beim ersten Test gab es einen falschen Negativbefund.«

»O mein Gott.« Und wieder einmal steigen mir Tränen in die Augen. »Wir bekommen noch ein Baby!«

»Wenn Angie das nächste Mal fragt, ob sie ein Geschwisterchen bekommt, können wir das also bejahen.«

Ich gebe Carter einen Kuss, der mir selbst den Atem raubt.

»Ich kann nicht glauben, dass das wirklich mein Leben ist«, flüstere ich und kann in Carters strahlend blauen Augen erkennen, wie glücklich auch er ist.

»Es ist schon ziemlich toll«, stimmt er mir zu.

Nie im Leben hätte ich gedacht, dass so einmal meine Zukunft aussehen würde. Einen Sieg beim Super Bowl als geouteter Sportler mit meinem Mann und meiner Tochter zu feiern, während unser zweites Baby auf dem Weg ist.

»Alles an diesem Tag ist perfekt. Ich weiß nicht, ob das jemals irgendetwas toppen können wird.«

»Und das alles nur, weil ich mich in einen Footballspieler verliebt habe.«

Ich lächle und überhäufe sein Gesicht mit Küssen. »Zum Glück hast du das. Aber können wir jetzt mit dem Feiern weitermachen?«

»Was immer du willst, Mr. MVP.«

Kapitel Dreizehn

COACH BROOKS

Es ist kaum zu glauben, dass wir genau heute vor erst wenigen Wochen die Lombardi Trophy in die Höhe stemmen konnten. Und jetzt haben sich die Spieler, die sich nach dem Ende der Season noch in der Stadt befinden, bei mir zu Hause für eine weitere kleine Feier eingefunden.

»Bist du sicher, dass du das machen willst?«, fragt Lexi neben mir. »Es wurde noch nichts bekannt gegeben.«

Ich lächle sie an. »Ich bin mir sicher. Es ist an der Zeit.«

Meine Frau schlingt ihre Arme um mich. »Ich bin so stolz auf dich. Du hast eine fantastische Karriere hinter dir.«

»Und wie heißt es doch so schön: Man soll aufhören, wenn es am schönsten ist.«

»Wie, glaubst du, werden sie es aufnehmen?« Sie nickt in Richtung des Wohnzimmers, wo sich alle versammelt haben.

Ich zucke mit den Schultern. »Wir werden sehen.«

Ich nehme ihre Hand und folge den Stimmen, um

meine Neuigkeiten zu verkünden. Angie und Noah spielen Fangen, während ihre Eltern ihnen dabei zusehen, und Colin und Knox albern mit Peyton und Frankie herum.

Das ist es, was ich vermissen werde. Nicht die Spiele oder die Siege oder das Emporheben von Pokalen.

Die Kameradschaft im Team. Die familiäre Atmosphäre.

Ich liebe dieses Team, aber ich bin bereit für das nächste Kapitel in meinem Leben.

»Bevor der Abend beginnt, möchte ich kurz ein paar Worte sagen.«

Alle werden sofort still – genau wie sonst immer beim Training.

»Wie geht es eigentlich Logan, Coach?«, fragt Alex.

»Der Arzt sagt, sie haben alles unter Kontrolle. Wenn alles gut geht, kann er nächste Woche wahrscheinlich nach Hause.«

Ich spüre ein kollektives, erleichtertes Aufatmen. Er hatte eine recht schwere Verletzung und ich bin so ziemlich die einzige Person, mit der er geredet hat.

»Gott sei Dank.«

»Ich habe mit ihm gesprochen und er scheint guter Dinge zu sein. Ich habe ihm gesagt, dass wir alle an ihn denken.«

»Sehr schön. Tut mir leid, dass ich dich unterbrochen habe«, entschuldigt sich Alex.

»Kein Problem.« Ich nehme mir kurz Zeit, in all ihre Gesichter zu schauen. Jetzt, wo der Moment gekommen ist, ist es gar nicht so einfach, die Worte herauszubringen. »Ich könnte nicht stolzer auf dieses Team sein. Wir haben in all den Jahren mit einigen Widrigkeiten zu kämpfen gehabt, aber das hat den Sieg nur umso schöner gemacht.«

Lächelnde Gesichter blicken mich an.

»Und wenn ich auch stolz darauf bin, was wir als

Team erreicht haben, so bin ich doch noch stolzer auf die Männer, die ihr geworden seid. Das übertrifft bei Weitem alles, was wir auf dem Spielfeld erreicht haben.«

Zu sehen, wie weit sie gekommen sind, ist eine der größten Freuden des Trainerdaseins. Sie sind nicht länger Jungs, die ein Spiel spielen und versuchen, von mir etwas über das Leben zu lernen. Sie sind gute Männer und Partner, die zufällig Football spielen. »Und weil ich jeden Einzelnen von euch so verdammt schätze und respektiere, wollte ich, dass ihr es als Erstes erfahrt. Ich gehe in den Ruhestand.«

Es ist so still, dass man eine Stecknadel fallen hören könnte. Alle starren mich fassungslos an. Lexi drückt meine Hand und bedeutet mir, dass ich weiterreden soll.

»Ich habe die meiste Zeit meines Lebens mit diesem Sport verbracht. Er hat mir alles gegeben, und ich hoffe, dass ich ihn in einem besseren Zustand verlasse, als ich ihn vorgefunden habe. Aber ich möchte Zeit mit meiner Familie verbringen. Mit meinen Enkelkindern.«

»Das bin ich!«, ertönt Angies Stimme von dort, wo Alex sie gerade festhält.

»Ganz genau, mein Schatz.« Ich lächle sie strahlend an.

»Okay, aber wer übernimmt deinen Posten dann jetzt?«, meldet sich Knox zu Wort.

»Die Bekanntgabe wird in ein paar Tagen erfolgen. Coach Jenkins wird das Ruder übernehmen.«

»Und was bedeutet das für den Rest der Offense?«, fragt Alex.

»Es wird einige Änderungen geben, aber sei versichert, dass ich euch in fähigen Händen lassen werde.« Mein Blick wandert zu Frankie. »Außerdem sind wir auf der Suche nach einem neuen Defensive Coordinator.«

Sie richtet sich in Knox' Armen auf. »Und wer wird das übernehmen?«

»Meine letzte Aufgabe als Headcoach: dir die gute Nachricht zu überbringen. Das Management hofft, dass du diesen Posten übernehmen würdest.«

»Ist das dein Ernst?« *Schockiert* beschreibt nicht einmal ansatzweise den Ausdruck auf ihrem Gesicht.

»Du hast es dir mehr als verdient, Frankie. Wie du während des großen Spiels cool geblieben bist und dich nicht davon hast beeindrucken lassen, dass wir im Rückstand lagen, ist etwas, das nicht viele so hinbekommen hätten. Die Mountain Lions können sich glücklich schätzen, dich zu haben. Was sagst du dazu?«

»Heilige Scheiße! Ja!« Sie kommt zu mir und schlingt ihre Arme um mich. »Ich hätte nie gedacht, dass dieser Tag je kommen würde!«

»Er war längst überfällig. Und ich freue mich einfach, dass ich derjenige bin, der es dir sagen durfte.«

Frankies Augen werden feucht. »Ich habe vom Besten gelernt. Danke, dass du mir vor all diesen Jahren eine Chance gegeben hast.«

»Es war ein steiniger Weg, aber ich weiß, dass du Großes erreichen wirst, Frankie.« Sie hat sich in den letzten Jahren, nachdem sie ihre erste Beförderung ausgeschlagen hat, mehr als bewährt. Ich bin mir sicher, dass sie in ein paar Jahren Headcoach sein wird.

Sie rennt zurück zu Knox, der übers ganze Gesicht strahlt, und springt ihm in die Arme.

»Coach, würde es dir etwas ausmachen, wenn ich ein paar Worte sage?«, fragt Alex.

Ich lächle meinen Schwiegersohn an. »Nur zu.«

Er schiebt Angie in Carters Arme, bevor er einen Drink in die Hand nimmt.

»Seit ich gedraftet wurde, warst du der einzige Coach,

den ich je hatte. Du hast dich nicht nur für mich eingesetzt, sondern für jeden einzelnen dieser Männer hier, und zwar auf eine lebensverändernde Art und Weise, die niemand von uns je vergessen wird.«

Lexi drückt meine Hand, während sich meine Augen mit Tränen füllen.

»Was du für uns getan hast, geht weit über Football hinaus. Ich weiß, dass ich ohne dich heute nicht da wäre, wo ich jetzt bin.« Alex räuspert sich und legt einen Arm um Carter.

Ich lächle ihn an. »Das freut mich – sonst hätte ich ja auch meine Enkeltochter nicht.«

Angie windet sich aus den Armen ihres Papas und rennt zu mir herüber. »Ich hab dich lieb, Opa.«

»Ich hab dich auch lieb, Zwerg.«

»Ich weiß auch, dass ich ohne dich jetzt nicht hier wäre, Coach«, meldet sich Jackson zu Wort. »Du hast mich dazu gebracht, meinen Arsch wieder hochzubekommen und zu erkennen, was ich schon immer hatte.«

»Ich schätze, dafür sollte ich mich auch bei dir bedanken«, meint Tenley. Sie sehen beide schrecklich erschöpft aus. Die Gesichter frischgebackener Eltern.

»Und ich bin froh, dass du Rocky einen Job gegeben hast. Seien wir mal ehrlich, wenn wir sie nicht hätten, würden wir ganz schön alt aussehen«, fügt Colin hinzu.

»Du machst es mir aber auch leicht, Colin.« Peyton lacht. »Du hast dich für mich eingesetzt, Coach, und das werde ich nie vergessen.«

Eine einzelne Träne läuft mir die Wange hinunter.

Knox räuspert sich. »Ich schätze, wenn dir hier alle ihren Dank aussprechen, dann schulde ich dir wohl auch noch einen.« Alle um ihn herum lachen. »Ich war nur ein dummer Junge, als ich in diese Liga gekommen bin. Ich konnte meinen Arsch nicht von meinem Ellbogen unterscheiden, und du hast mir mehr über das Leben beigebracht als jeder andere, den ich kenne. Danke, Coach.«

»Und danke, dass du nicht nur mir, sondern jedem von uns hier etwas beigebracht hast. Du hast dem Footballspiel für immer deine ganz eigene Handschrift verpasst«, meint Frankie.

Ich schüttle den Kopf und versuche, meine Gefühle im Zaum zu halten. »Ich danke euch allen. Ihr habt keine Ahnung, was mir das bedeutet.«

»Sie scheinen dich zu mögen«, flüstert Lexi und ich lächle sie an. So schwer diese Entscheidung auch ist, so ist es doch auch eine der leichtesten, die ich je getroffen habe. Und das liegt an der Frau hier neben mir.

»Wir lieben dich, Coach. Und nur weil du gehst, heißt das nicht, dass du nicht für immer ein Mountain Lion sein wirst.« Alex kommt zu mir herüber und legt einen Arm um meine Schulter. »Auf Coach Brooks!«

»Auf Coach Brooks!«, rufen alle im Chor.

»Was meint ihr, Jungs?«, ruft Colin. »Denkt ihr, wir können noch einen Super Bowl gewinnen?«

»Auf jeden Fall!«, antwortet Knox. »Auf die Mountain Lions!«

»Auf die Mountain Lions!«

ENDE

Möchten Sie die Neuigkeiten zu meinen deutschen Veröffentlichungen? Melden Sie sich jetzt für meinen Newsletter an!

Über den Autor

Nachdem sie in der zweiten Klasse einen Preis für junge Autoren gewonnen hatte, war Emily Silver dazu bestimmt, Schriftstellerin zu werden. Sie liebt es, inklusive Geschichten zu schreiben, mit starken Heldinnen und charmanten Helden, die dein Herz erobern werden.

Als Liebhaberin alles Romantischen begann Emily damit, Bücher in ihren Lieblingsorten auf der ganzen Welt anzusiedeln. Als leidenschaftliche Reisende hat sie alle sieben Kontinente besucht und ist um die Welt gesegelt.

Wenn sie nicht schreibt, findet man Emily oft dabei, Cocktails auf ihrer Veranda zu genießen, so viel Romantik wie möglich zu lesen und ihr nächstes großes Abenteuer zu planen!

Finde sie in den sozialen Medien, um auf dem Laufenden über all ihre Abenteuer und kommenden Veröffentlichungen zu bleiben!

Bücher von Emily Silver

Deutsche Titel

Roughing The Kicker
Pass Interference
Sideline Infraction
Illegal Contact
The Big Game

Englische Titel

Colorado Black Diamonds Hockey

Best Kept Secret
Best Laid Plans
Best of the Best
Best of Both Worlds

Nashville Knights

Game Misconduct - Marcus and Harper's story, coming February 2025

Dixon Creek Ranch

Yours to Take
Yours to Hold
Yours to Be

Yours to Forget

Yours To Lose

Yours To Love - a newsletter freebie

The Denver Mountain Lions

Roughing The Kicker

Pass Interference

Sideline Infraction

Illegal Contact

The Big Game

Standalones

Off the Deep End

The Highland Escape

Merry in Moose Falls

Love Pucked - a sapphic hockey romance, coming early 2025

The Ainsworth Royals

Royal Reckoning

Reckless Royal

Royal Relations

Royal Roots

The Love Abroad Series

An Icy Infatuation

A French Fling

A Sydney Surprise

Milton Keynes UK
Ingram Content Group UK Ltd.
UKHW032324221024
449917UK00001B/20